Ô 450 !

Chantal Gevrey

Ô 450 !

Scènes de la vie de banlieue

Les Éditions Marchand de feuilles

Marchand de feuilles

C.P. 4, Succursale Place D'Armes
Montréal, Québec
H2Y 3E9
Canada
www.marchanddefeuilles.com

Révision : Annie Pronovost
Mise en pages: Marike Paradis

Couverture

Photo : Deux chats faisant preuve de bon goût et de modestie,
par David Ahl
Direction artistique : Shan Tamiki
Infographie : Images du Nouveau-Monde
Numérisation : Youssef Lewandowski

Le texte «*P'tite vie*» a été publié dans la revue *Virages* no 32 (été 2005)

Distribution au Canada : Marchand de feuilles
Distribution en Europe : Librairie du Québec/DNM

Les Éditions Marchand de feuilles remercient le Conseil des Arts
du Canada ainsi que la Sodec pour leur soutien financier.

Conseil des Arts　Canada Council
du Canada　for the Arts

Société
de développement
des entreprises
culturelles
Québec ✚ ✚

Données de catalogage

Gevrey, Chantal,
Ô, 450 !
ISBN : 2-922944-22-0
I.Titre : Ô 450 ! II. Titre : Ô, quatre cinq zéro !
III. Titre : Ô, quatre cent cinquante !
PS8563. E88022 2005C843'.6 C2005-941709-9
PS9563. E88022 2005

Dépôt légal: 2005
Bibliothèque nationale du Québec
Bibliothèque nationale du Canada

« Le sage ne rit qu'en tremblant. » (Bossuet)

Aux banlieusards et à ceux qui regrettent de ne pas l'être ; à ceux qui pensent à le devenir, sans s'y décider tout à fait ; à ceux qui ne voudraient pour rien au monde le devenir, afin qu'ils le regrettent ; bref, à tout le monde. Mais surtout, on le comprendra, à mes voisins.

Remerciements

Chaque personnage de ce recueil résulte d'un amalgame de traits empruntés à des modèles en chair et en os et de traits imaginaires. Merci à tous les modèles, consentants ou non.

À Nicolas Grenier, mon premier critique (parfois trop indulgent) et mon premier *supporter*, un merci tout particulier pour le temps qu'il a consacré à lire, commenter et relire un manuscrit de plus en plus raturé. C'est aussi grâce à lui que j'ai découvert les mœurs du lapin d'atelier. Ne t'en fais pas, Nicolas, le bon Dieu te le rendra !

P'tite vie

Un compte d'électricité, un compte de téléphone, un avis de prélèvement bancaire pour les assurances et un autre pour la taxe municipale. Ce n'est pas ma journée. Ah ! J'oubliais : il pleut. Comme tous les jours, ou presque, depuis le début de l'été.

Été ! Parlons-en ! Dans deux semaines, trois au maximum, les rayons des grands magasins déborderont de fournitures scolaires. Un mois avant la rentrée, on se cogne déjà le nez sur les sacs à dos, les paquets de feuilles, les cahiers Canada, les équerres, la colle en bâton et autres incontournables. Il pourra bien faire trente-cinq degrés à l'ombre, il n'y en aura plus dans les vitrines que pour les pulls et les manteaux, le brun, le rouille, l'orange et le vert-de-gris. Comme si les gens n'arrivaient pas à supporter trois mois de suite la même saison. Allez, du nouveau, plus vite. L'idéal, ce serait l'année de six saisons au lieu de quatre – à vivre si possible en temps réel plutôt qu'à l'avance, mais là, je délire. C'est trop demander.

Une journée qui commence de cette façon, ça ne se récupère pas. Il n'y a rien d'autre à faire que de prendre une bonne douche, en y mettant tout le temps voulu, et de se consacrer à de petits soins qu'on a tendance à négliger les jours où il fait meilleur au soleil : peroxyde sur la moustache, ponçage soigné des talons et des coudes, polissage méticuleux des ongles, épilation au quart de poil, exploration de petits pots oubliés, débauche de délicieuses odeurs, comme ça, pour rien, pour tromper la grisaille. Narcisse tout entier au nombril attaché...

Belle imitation de béatitude. Mais on ne trompe pas le destin, incarné par le robinet d'eau chaude qui refuse de se laisser fermer. Je m'arc-boute, je serre en grinçant des dents. Rien à faire. J'ai bien peur que ce soit un cas de plombier. Tout ce qui manquait à mon bonheur. Dois-je préciser que nous sommes dans un week-end de trois jours ?

Optimiste malgré tout, je me dis que s'il faut absolument une fuite, mieux vaut qu'elle se produise au-dessus de la baignoire...

Dans l'intervalle, le temps s'est remis au beau. Vraiment beau. De quoi surprendre, en si peu de temps...

Cette année, je prends mes vacances sur le gazon, dans la cour, au plus profond du 450, sans même le début d'une intention de hanter les centres commerciaux ou les attractions estivales du coin. Je sors une chaise longue et un polar, puis je règle mon métabolisme sur le mode « végétatif ».

Aaah ! Le soleil sur les doigts de pied – surtout poncés et pommadés de frais –, les éclaboussures d'eau quand les enfants du voisin d'en arrière sautent dans leur piscine ! En fermant les yeux, on se croirait à la mer. Si je n'étais pas déjà dans un état de relaxation semi-comateux, j'irais chercher un tube de lotion solaire pour le renifler. L'illusion de la plage serait alors complète. Inutile de gaspiller la marchandise en l'étendant sur la peau : il n'y a pas assez de soleil pour toute ma personne à la fois, car la cour est minuscule et pleine d'arbres. Je déplace la chaise longue de temps en temps. Après les orteils, ce sont les genoux, puis les poignets, puis le haut des bras, puis les épaules, puis le visage qui ont droit au bienfaisant rayon. Oui, au singulier. L'espace à découvert n'en contient pas plus. Avouez qu'il y a des voyages (dans tous les sens qu'il vous plaira) plus coûteux. Celui-ci n'est pas sans risques pour autant. L'an dernier, après m'être endormie dans mon transat, négligeant donc la rotation des différentes parties du corps, j'ai eu droit à des lunettes de raton laveur en négatif blanc sur rouge. Hors du visage, je ressemblais plutôt à un ocelot, car c'était une journée sans vent – lequel aurait distribué plus harmonieusement taches de lumière et ombre des feuilles. Instruite par l'expérience, j'ai raffiné ma technique ; j'attends maintenant la canicule de pied ferme.

Un voisin sort sa tondeuse. C'est le signal, ils s'y mettent tous, comme les coqs le matin à la campagne. Le premier qui a fini échange la tondeuse contre une tronçonneuse, à moins que l'abattage du géant, au coin de la rue, n'entre dans sa phase II. Hier soir, la rue était barrée aux deux extrémités, tandis qu'un attroupement de curieux regardait, dans un murmure de consternation, choir la cime… La scène de plage peine à se reconstituer dans mon imaginaire, mais si je remplace la mer par un lac de montagne autour duquel s'affairent des bûcherons, j'arrive à la visualiser encore un peu (merci aux moustiques, qui se surpassent cette année, d'y contribuer). En général, c'est l'arrivée du coupe-bordures, mon ennemi personnel, qui met fin au rêve. Aucun son compatible avec la nature ne se compare à ce vrombissement hystérique. C'est sans remède.

Encouragés par le retour de la chaleur, les employés de la voirie se sont décidés à boucher les fentes et les nids de poule de notre section de rue. Ça ne sent pas la rose. Tous les jours ou presque, on refait un toit, un trottoir ou une entrée dans le voisinage ; je ne m'habitue pourtant pas à l'odeur de l'asphalte, dont le vent m'apporte d'écœurantes bouffées. Je me répète que ce n'est qu'un mauvais moment à passer, après quoi je devrais avoir la paix pour un bon moment à ce chapitre.

Le fond sonore ne s'arrange pas non plus. Les éboueurs, en retard, font rugir le moteur de leur camion, histoire d'adresser un message clair aux employés de la voirie… en pure perte, faut-il le souligner ? Ils envoient valdinguer les poubelles dans toutes les directions, ce qui déloge une volée de corneilles occupées à festoyer autour d'une carcasse d'écureuil (victime de l'abattage ?) Quel concert !

De toute façon il est temps de rentrer préparer le repas. Habituellement, c'est le moment que choisissent les solliciteurs téléphoniques – œuvres de charité (une par organe du corps, maladie, handicap ou variété de fléau), vendeurs de mazout, de thermopompes, de portes et fenêtres, laveurs de tapis, bonnes fées vous annonçant que vous avez gagné le privilège d'inviter chez vous le démonstrateur de leur produit vedette, etc. –, les carillonneurs qui confondent votre porte avec celle du Salon de l'artisanat ou qui tentent de vous équiper pour survivre à l'apocalypse (l'ex-prisonnier et son assortiment de gadgets, les écoliers et leur chocolat, les mormons et leurs livrets, l'aveugle et ses balais, et ainsi de suite).

Étant donné le pouvoir unique de rassemblement que semble détenir le fumet du repas familial, je m'étonne que l'Église catholique n'ait pas choisi des extraits d'oignons et de steak-frites pour garnir ses cassolettes. Moins de fidèles déserteraient la messe au profit de la grande célébration d'inventaire de *L'Armoire et fils* ou du mégasolde chez Edentronic. J'estime d'ailleurs de mon devoir d'écrire à Benoît XVI à ce sujet, dès que le soleil aura disparu de la cour, car un vieux célibataire ne pensera sûrement jamais de lui-même à ce genre de détail.

Finalement, la journée si mal commencée a passé comme un charme. L'été, tout est toujours plus facile et le soleil fait voir sous un meilleur jour ce qui ne l'est pas.

Le voisin de droite, qui élabore des plans depuis quinze ans pour partir en pèlerinage en Inde, brûle de l'encens. La fenêtre de sa chambre donne directement sur la porte d'entrée au fond du couloir, lui-même situé dans le prolongement de la cuisine. Je bénéficie donc de petits nuages d'encens (raison pour laquelle, sans doute, j'ai associé l'oignon frit aux cérémonies catholiques) et, certains jours, des sonorités si particulières qui complètent la préparation spirituelle du fameux pèlerinage. Bien que je ne compte pas aller moi-même en Inde, je crois que je ne serais nullement dépaysée si d'aventure je m'y décidais.

Le voisin de gauche allume comme chaque soir le barbecue installé sur son balcon. Cette fumée-là entre par la fenêtre de la cuisine, avec l'odeur de ce qui semble du hareng grillé. Je trouve difficile d'identifier ce qu'il met à son menu. Merguez de poisson ? Homard charbonnier ? Calmars au fuel ? Cela ne fait rien, je ne suis pas d'un naturel envieux.

Sur le balcon d'en face, les ados et leurs invités (j'en déduis que les parents sont absents) sortent une glacière au fond de laquelle tintent nombre de canettes. L'un d'eux apporte une guitare électrique, revient avec deux amplificateurs. Un autre installe la batterie. J'ai peur de trouver la soirée bien longue, car on ne dispose pas tout cela pour une minute ou deux. Or, leurs goûts s'harmonisent mal avec la spiritualité indienne et le hareng grillé. Heureusement qu'il n'y a pas concert tous les jours. D'habitude, l'aîné vadrouille à droite et à gauche (surtout à gauche), véhiculant la bonne parole anarchiste, et le plus jeune, qui passe le journal le matin pour s'acheter du pot, végète dans un silence relatif durant tout le reste de la journée. Il est vrai que les échos du *heavy metal* auront l'avantage de masquer le ronronnement des thermopompes et des climatiseurs des alentours, bruit qui m'empêche de dormir de toute façon.

En fait, la seule chose qui manque, ici, c'est un peu plus de place. Je peux bien interpréter le filet d'eau de la fuite comme l'apaisant murmure d'un ruisseau et les éclaboussures de piscine comme l'écume des vagues, option chlore. C'est agréable, mais quand même un peu juste. À défaut de la mer, la vraie, comme voisine, vous savez ce qui me plairait ? Seulement son image, si quelqu'un voulait bien peindre une plage en trompe-l'œil sur la clôture de planches. L'illusion de l'espace, avec les gouttes d'eau sur les orteils, le son des plongeons et un tube de lotion solaire sous le nez, ferait toute la différence. La cour deviendrait un vrai petit paradis.

Sortie de placard

Maintenant j'en ris, mais j'ai bien cru ne jamais m'en remettre.

Appuyé d'un air avantageux contre le cadre de la porte du patio, il semblait attendre je ne savais quoi. Quelque chose clochait, dans cette scène familière. Quelque chose d'indéfinissable et de suspect, comme un poison délétère, une menace voilée, qui aurait flotté autour de sa silhouette.

Pour la première fois de l'année, il faisait assez chaud pour laisser la porte ouverte et sortir en manches courtes. Tout ce qu'on avait domestiqué, compressé et ratatiné durant les mois d'hiver s'élançait avec ivresse vers ce soleil nouveau, se déployait, vivait soudain. Aaah ! Bonheur et liberté ! Mais comment mon fils pouvait-il avoir déjà ce hâle ? Il ne pratique ni le ski de printemps, ni l'alpinisme, ni même la chaise longue. Ses plus considérables sorties en plein air consistent à se rendre jusqu'à l'arrêt d'autobus, et retour, le tout à des heures où le soleil est assez loin du zénith. Il prend la voiture pour aller acheter ses cigarettes au coin de la rue. Ce devait être un effet de l'éblouissement : pas encore habituée à tant de lumière, je voyais Mikaël plus sombre qu'il ne l'était en réalité. Il n'y avait pas d'autre explication. Parce qu'au naturel, il est plutôt blafard. Avec sa fréquentation assidue des bars enfumés, du métro, des ordinateurs, l'éclairage au néon du bureau ou la lampe à halogène du salon, comment n'aurait-il pas un teint d'endive ? Que je passe mon temps à lui reprocher : « On dirait que je te sous-alimente ou que je te mets aux travaux forcés dans une mine de sel au sous-sol. Fais quelque chose, sors, remets ton vélo en état et va te promener, si tu ne veux pas finir par briller dans le noir et cracher tes poumons ». Je multiplie les suggestions portant le sceau du bon sens maternel. Sans résultat, bien entendu. Pourtant, il a déjà été sportif et même combatif, en tant que réserviste de la Marine. Je n'oublierai jamais dans quel état il rentrait de l'entraînement, le soir, suant dans son uniforme, moulu par les exercices, exaspéré par les punitions plus ou moins méritées qui contribuaient, paraît-il, à leur former le caractère. Il n'avait même plus assez de ressort pour manger et il fallait encore qu'il lave l'uniforme – pantalon, chemise et veste –, puis qu'il le repasse, plis coupants comme fers de hache, et qu'il cire ses godasses jusqu'à ce qu'on puisse risquer l'ophtalmie en se mirant dedans. Je lui laissais l'opération cirage mais, par compassion, je me chargeais souvent du lavage-repassage. « Je ne sais pas ce que vous faites d'autre, mon trésor, mais j'espère que vous y mettez autant d'énergie, sinon la prochaine guerre aura intérêt à se dérouler à coups de fers à repasser... » Son teint brun d'alors ne me semblait nullement étrange.

Mais ce soir-là, il n'avait aucune raison d'arborer une mine pareille et il est resté bronzé même une fois rentré, sous la lampe de la cuisine. Je n'ai pas dit un mot pendant le repas, ruminant le mystère. Avant de risquer des commentaires, il faut être sûr de ce qu'on avance. Surtout avec Mikaël. Or, je nageais dans l'incertitude. Plus perplexe que ça, je ne l'ai pas été souvent. Il avait son petit sourire fendant, son air supérieur que j'ai du mal à supporter et il le sait. Il s'apercevait bien que je l'observais en faisant semblant de parler de tout et de rien. Je me rendais compte, pour ma part, qu'il n'était pas dupe. Mais il y avait autre chose. Quelque chose qu'il s'attendait à ce que je remarque, à en juger par sa façon de me regarder. *Il me nargue. Mais qu'est-ce qu'il a, à la fin ? Je suis sûre qu'il y a un truc énorme, qui m'échappe justement en raison de son énormité, mais je ne peux quand même pas demander : « Dis donc, Mikaël, qu'est-ce que tu as de bizarre, aujourd'hui ? » Il attend que je trouve, que peut-être je pique une crise. La grande scène de l'acte III avec moi dans le rôle du Vésuve et lui dans le rôle de Pompéi.* Et soudain, au lieu de la brûlure d'une éruption, j'ai senti un pain de glace me descendre dans le dos. En regardant Mikaël sans plus y penser, l'évidence m'a sidérée : il n'était pas juste bronzé, il était métamorphosé. Comment un tel changement avait-il pu m'échapper ? De saisissement, je suis restée la fourchette en l'air, ce que je ne fais jamais, et je n'ai pas su comment réagir.

Dans mon temps, on appelait ça un minet. Mon fils, que j'ai moi-même mis au monde et élevé, que j'ai accompagné sur tous les terrains de football et dans tous les arénas possibles, dont j'ai lavé les vêtements pleins de boue, nettoyé les genoux à la teinture d'iode, surveillé les petites amies, pour qui j'ai raccommodé des millions de fonds de culotte arrachés par les clôtures du voisinage, réglé les vendettas à l'amiable avec les parents concernés, repassé les uniformes de dur à cuire, mon fils qui était un vrai mâle avant de devenir une endive au teint verdâtre, mon fils à moi virant au minet, du jour au lendemain, sans crier gare ! Probablement homosexuel, sans que je m'en doute une seconde. Et voilà qu'il s'affichait ouvertement. Était-ce ce qu'ils appellent tous un *coming out* ? Comment savoir ? J'ai beau me tenir au courant de l'actualité, je n'ai jamais vu un tel cas de mes propres yeux. La panique ! Pourquoi cela arrivait-il chez nous ? Pourquoi justement ce soir-là, pourquoi de cette façon ?

Au secours ! Que doit faire une mère ? Pour les enfants des autres, je pourrais donner plein de bons conseils. Pour le mien, c'est une autre paire de manches. J'en ai lu, des articles sur la question, croyez-moi. Je me suis préparée au pire, car j'appartiens à une génération pour laquelle la chose ne va pas de soi. Seulement, ça ne se passait pas ainsi, dans les revues. Le fils n'arrivait pas tout à coup, l'œil narquois et la pose provocante. Il laissait des indices, semait des allusions discrètes et un jour vous compreniez, mais il avait préparé le terrain. De plus, il optait pour le profil bas, en général. C'est plus facile à avaler. Mais là… Toutes les réactions que j'avais soigneusement préparées au cas où… (on ne sait jamais, n'est-ce pas ?) n'avaient plus aucune pertinence. Elle était loin, la compréhension magnanime que je devais démontrer pour être à la hauteur. Effet de surprise total. L'ennemi ne sait plus où il a bien pu mettre ses munitions. Un à zéro. Et cet air supérieur, était-ce une façon de se protéger d'éventuelles moqueries, ou une vraie déclaration de guerre ?

En examinant l'inconnu qu'était devenu Mikaël, j'ai d'abord eu le réflexe de l'ironie, c'est vrai. Son attitude presque hostile m'a fait pencher, malgré moi, pour la colère. Je l'ai forcé à se lever de table et j'ai attaqué. « Passe encore que tu fréquentes le salon de bronzage, bien que ton salaire ne te permette pas de contribuer aux frais de la maison. Mais ÇA ! »

Envolée, la belle fourrure familiale, héritage de son père, dont le cher homme était si fier. Le lustre d'une statue de bronze. Torse, bras et jambes lisses ; pas juste épilés : il en faut des pots de crème et des soins pour arriver à un tel résultat ! Une peau aussi polie et soyeuse ne s'obtient pas uniquement en arrachant du poil. Il y a du travail, de l'art et du matériel derrière ça, car la patine des siècles ne s'imite pas. Bref, ce n'était plus la chair de notre chair imparfaite, mais un éphèbe signé Michel-Ange.

J'ai fait l'inventaire complet. Détail par détail, l'ampleur du désastre se dévoilait à mes yeux. Maquillage discret, mais bien présent. Ongles manucurés, finement polis. Allure décontractée dont je n'osais imaginer le prix. Le grand jeu. Et l'odeur ! Comment ne l'avais-je pas remarquée plus tôt ? Comme la qualité sait se montrer discrète ! Comme l'habitude anesthésie les sens !

« Je suppose qu'il va te falloir une nouvelle garde-robe. As-tu envisagé le tutu ? » Aveuglée par le dépit et l'humiliation, j'avoue avoir dépassé les bornes. J'imaginais mon unique fils, l'espoir de mes vieux jours, se faisant voluptueusement tripoter, enduire de cire et de lotions, parfumer, pomponner comme un satrape décadent. Je l'imaginais minauder dans une cabine d'essayage pendant que je grattais la vieille peinture des fenêtres, plantais des clous, taillais la haie et entretenais le jardin. Scènes surréalistes. Impensables. *Et les voisins. Et la famille. Mon Dieu, que vont-ils penser ? De quoi aurai-je l'air ?* Si Mikaël était sorti du placard, moi j'aurais bien aimé y entrer, à défaut de pouvoir disparaître sous terre.

Avez-vous déjà entendu un univers s'écrouler ? Ça fait un bruit assourdissant, qu'on entend seulement de l'intérieur. Au dehors, vous ressemblez à une carpe qu'on vient de tirer de l'eau : bouche ouverte, les yeux ronds, la nageoire molle, muette mais n'en pensant pas moins. Bien que je n'aie jamais été frappée par la foudre, je crois que cela doit produire cet effet-là.

J'ai fait mon examen de conscience à toute vitesse – il paraît qu'avant de mourir, on voit sa vie défiler au grand complet. Je n'arrivais pas à saisir ce que j'avais raté dans l'éducation de Mikaël, à partir de quand il était devenu homosexuel (de naissance ? les scouts ? l'école des bons pères ? le décès de son père ? l'armée ?), quels indices je n'avais pas su comprendre. Ah ! Si, pourtant, ces revues qui traînaient depuis quelque temps. Pas en évidence, non, mais pas cachées non plus. Des revues qui auraient dû me mettre la puce à l'oreille, pleines non pas de pin-up affriolantes, mais de jeunes mâles bronzés, huilés, à la nonchalance étudiée, vêtus de fringues toutes plus griffées les unes que les autres. Il n'y a pas de place dans mon univers pour les produits de luxe, surtout masculins, aussi n'y ai-je pas prêté plus d'attention que si j'avais eu à portée de la main des magazines pour mordus de science-fiction ou d'informatique. Quant aux produits de beauté annoncés, j'aurais dû les regarder de plus près.

Et Mikaël qui riait, après avoir paru aussi médusé que moi. Un comble. « Mais non, maman, je ne suis pas homosexuel, voyons ! Qu'est-ce que tu vas chercher là ? J'ai juste changé de style. Ma nouvelle petite amie aime les gars soignés et en plus, j'ai une entrevue mardi pour un poste important qui se libère bientôt. Il faut que je fasse bonne impression. Je voulais savoir comment tu me trouverais. »

Renseignements pris, il paraît qu'on appelle ça des métrosexuels et que ça n'a rien à voir avec l'homosexualité. Il s'agit d'une tendance. Pas une mode, attention, une tendance. Alors on ne peut rien faire contre, même si les hommes se croient obligés de ressembler à des femmes pour avoir l'air viril.

Je n'aurais jamais cru regretter un jour le pelage d'ours de Maximilien, le père de Mikaël : tellement laid, mais au fond rassurant. Je repense avec attendrissement aux efforts que je faisais pour ne pas rire quand Maximilien bombait le torse, à la plage, sûr que si les gens se retournaient, c'était pour l'admirer. À propos, je n'aime pas le café déca. Ni les *coolers*. Chacun ses goûts.

Secrets honteux

Je viens de voir passer une vieille dame qui fait tellement penser à ma grand-mère ! Celle-ci est décédée il n'y a pas longtemps et, c'est fou, je ne m'habitue pas à la considérer comme absente. Il me semble la voir partout. Pourtant, on ne se fréquentait pas tant que cela, de son vivant. Moi par insouciance, croyant que demain ferait aussi bien l'affaire qu'aujourd'hui, elle faute de moyen de transport. Je dois avouer qu'elle m'inspirait aussi une certaine crainte, car elle avait une sacrée personnalité, ma grand-mère.

Du haut de son mètre cinquante, elle ne s'en laissait imposer par personne. Corsetée à mort, hautaine, imprévisible, dotée d'un humour féroce, elle terrorisait avec délectation ceux qui avaient commis l'erreur de la sous-estimer. On se relevait difficilement de ses remarques assassines et elle avait une façon bien à elle de toiser tout importun (« Nous avons été présentés ? Je ne me souviens pas. »), avant de lui tourner le dos, qui le laissait sans voix. Pas question de lui dire quoi faire, encore moins de s'inventer des excuses commodes. Elle vous clouait le bec par une de ses maximes favorites : « Ce n'est pas parce qu'on est fatigué qu'il faut en avoir l'air » ; « Quand on n'a pas de tête, ça prend des jambes » ; etc. C'était sa revanche sur la banalité d'un sort dont elle aurait mérité de s'évader par quelque action d'éclat. Habile stratège, elle avait conquis sa liberté, mine de rien, sous le masque des conventions. Se moquant du féminisme, au grand scandale de ses filles et belles-filles, elle n'en régentait pas moins son mari. Le pauvre homme, qui était député, n'a fait ce qu'il voulait ni chez lui ni à l'Assemblée. J'aimerais savoir combien de projets de loi elle a réussi à faire adopter par l'intermédiaire de Grand-Père ! La beauté de la méthode, c'est que l'intéressé, tout à la satisfaction de son pouvoir officiel, n'a jamais soupçonné de quelles manœuvres il était l'objet. Et l'aïeule traitait de même quiconque s'aventurait à portée de son autorité.

Sur l'intendance domestique, son domaine, elle régnait sans partage. Il fallait la voir manier l'économe, le fer à repasser, les aiguilles à coudre et à tricoter, les mille et un remèdes aux mille et un bobos de la marmaille. Rhumes, fièvres, éruptions, écorchures, indigestions, rien ne lui résistait. Elle trouvait le moyen de cirer et d'astiquer tout ce qui pouvait l'être, dressait le lin, les cristaux et l'argenterie en un tournemain, livrait un festin sans préavis comme si la chose allait de soi, taillait volailles et rôtis avec maestria, réussissait des gaufres véritablement aériennes – hélas, elle en a emporté la recette dans la tombe –, vous gavait de gâteaux à la crème dont elle dosait les parfums avec un art subtil, alimentait tout en grâce la conversation et se mettait volontiers au piano, trouvant encore le temps de dessiner fort joliment. Bref, une maîtresse de maison comme il ne doit pas en rester beaucoup. Coquette avec ça, ses cheveux blancs toujours soyeux et impeccablement battus en neige, ses corsages immaculés relevés d'un bijou, un nuage de poudre pour se rosir le teint.

À quatre-vingt-treize ans, elle s'activait encore, faisait ses commissions dans le quartier, lisait ses journaux et ses revues, discutait politique sans s'en laisser montrer, cuisinait, jardinait et bricolait. Elle parvenait à monter sur une chaise, planter un clou, repeindre une porte, exploits qu'elle adorait accomplir devant témoins. Elle mettait ces derniers à contribution en ayant l'air, au contraire, de leur accorder un privilège. À regret, s'il vous plaît.

Depuis qu'elle avait enterré Grand-Père, il y a bien des années, elle s'était mise à faire elle-même quantité de menues réparations, d'abord par nécessité, puis par goût. Elle s'y entendait mieux, à la fin, que plusieurs de ses fils et gendres. Il lui fallait des défis. Toutefois, les tâches les plus lourdes ont commencé à excéder ses forces. Lorsqu'elle a eu quatre-vingt-six ans, elle a engagé une femme de ménage, continuant à s'occuper elle-même de tout le reste. Il fallait déployer des ruses de Sioux pour l'aider sans qu'il y paraisse : il ne faisait pas bon laisser entendre que ses capacités déclinaient. C'était pourtant le cas, comme nous venions à le découvrir de temps à autre. Ainsi, elle y voyait beaucoup moins bien qu'elle ne voulait l'admettre. Elle était tombée plusieurs fois et ne s'en était pas vantée. En vidant ses armoires après son décès, nous avons trouvé des couches, preuve de son incontinence. Mais tout compte fait, pour son âge, c'étaient là des inconvénients assez mineurs.

Et puis, sans crier gare, elle s'est effondrée un matin en sortant de son lit. C'était fini. « Il fallait s'y attendre », a dit le médecin, « avec ses problèmes circulatoires, ça m'étonne même qu'elle ait tenu jusque-là sans faire une embolie, rester paralysée ou Dieu sait quoi. Et elle souffrait de diabète. » C'est tout ? « Non, un cancer aussi, mais à son âge, ça évolue lentement, alors en général, on a le temps de mourir d'autre chose avant. » Finalement, elle a gagné le gros lot en mourant de cette façon. Nous aussi, parce que je ne sais pas ce que nous aurions fait. Imaginer Grand-Mère dans le rôle du légume dépasse l'entendement.

Bref, le vide qu'elle laisse prend beaucoup plus de place que n'en tenait sa minuscule personne.

Mais une femme dans son genre ne disparaît pas comme ça, sans faire encore des siennes. Imaginez notre tête, à mon frère Olivier et à moi, lorsque nous avons trouvé, dans la petite armoire de la salle de bains contiguë à sa chambre, un tube à moitié vide de lubrifiant vaginal. Pas un vieux tube périmé, loin de là. Un tube presque neuf, avec l'étiquette Unipharm encore dessus et une date de péremption qu'elle n'aurait pas vécu assez longtemps pour voir seulement approcher.

Voilà qui nous en a bouché un coin. Grand-Mère ? Une double vie, dont une vie sexuelle active (et comment !) à quatre-vingt-treize ans ? Maîtresse femme, d'accord, mais à ce point-là ? Grand-Mère, l'incarnation des vertus domestiques et des bonnes mœurs, qui n'aurait manqué la messe pour rien au monde, en semaine aussi bien que le dimanche ! Nous nous regardions, Olivier et moi, complètement sciés, hésitant entre le fou rire, l'admiration et malgré tout un peu de réprobation.

Il fallait pourtant en avoir le cœur net. Nous avons retourné toute la maison, trouvé des choses prévisibles et d'autres moins, essayé des corsets à baleines et des mitaines en filet, des chapeaux à voilette et des étoles en renard ; exhumé l'attirail de pêche, le nécessaire de rasage avec bol, blaireau et coupe-choux de Grand-Père, son livret militaire, ses médailles ; jeté des monceaux de paperasses, lu d'antiques cartes postales, laissé tomber une boîte en carton pleine de boucles blondes qui se sont désintégrées en atteignant le plancher, déplacé des bibelots, des livres, des rubans, des vêtements, des bijoux, des sacs à main, des souliers résumant à eux seuls l'ensemble du siècle, mimé un duel avec des parapluies géants, déménagé des piles de draps, roulé des tapis, sorti des matelas, ri et pleuré. En vain. Rien de tout cela ne sentait l'adultère, ni même la sensualité. Grand-Mère cachait bien ses secrets. Car, sans le moindre doute, elle en avait.

Nous avons questionné les voisins le plus adroitement possible, histoire de ne pas éveiller de soupçons. Ces gens nous ont regardé avec une certaine perplexité, par moments, mais je ne crois pas qu'ils aient été jusqu'à se douter de ce que nous cherchions. Rien de ce côté.

Une visite à la pharmacie Unipharm s'imposait. Nous n'étions pas au bout de nos surprises, oh non !

Sournoisement cuisiné, mis au pied du mur par nos fausses inquiétudes (se pourrait-il que Grand-Mère… vu certains symptômes…) que nous inventions pour les besoins de la cause, le commis a fini par avouer, horriblement gêné, que oui, la vieille dame avait fait ample provision, dernièrement, dudit produit. Lui-même n'avait pu s'empêcher de remarquer, comme ça, sans penser à mal ou se mêler de ce qui ne le regardait pas, notez bien, qu'il vendait rarement ce gel à des nonagénaires, surtout à raison de plusieurs tubes à la fois. « Savez-vous ce qu'elle m'a répondu, et d'un ton sans réplique ? (J'en suis encore estomaqué) : *J'ai droit à l'orgasme, monsieur.* Puis elle s'est reprise : *D'ailleurs, ce n'est pas pour moi, c'est pour ma vieille tante. Elle ne peut plus marcher, sans quoi elle ferait ses commissions elle-même.* Alors, a terminé le commis, ça m'étonnerait qu'elle tolère mal l'un ou l'autre des ingrédients. » Là, nous avons reconnu Grand-Mère et nous n'avons pu retenir un sentiment de fierté.

Tout cela ne réglait pas notre problème, cependant. Nous avions épuisé tous les recours. Il ne restait qu'à s'accommoder du mystère.

Nous avons poursuivi le rangement de la maison, tâche dorénavant beaucoup moins excitante. Plus la semaine avançait, plus ce travail devenait fastidieux.

Le jeudi, la femme de ménage a fait son apparition. Nous l'avions oubliée, celle-là. Personne n'ayant pensé à la prévenir, elle ignorait le décès de sa patronne et nous ne savions que faire d'elle. Il nous est venu à l'esprit de la laisser choisir quelques vêtements et objets pour son usage personnel. Après tout, elle servait Grand-Mère depuis plus de sept ans. Elle était même devenue presque une amie pour elle. De son côté, pour ne pas être en reste, elle a proposé de finir le nettoyage des fenêtres, commencé la semaine précédente. C'était un marché honnête. Au bout d'une heure, elle a rapporté le flacon de lave-vitre, après quoi elle a fouillé un peu dans la salle de bains. Finalement, elle est revenue demander : « Vous n'auriez pas vu le tube de gel ? D'habitude, il était dans la petite armoire de la salle de bains. Quand on vient de laver les fenêtres, les glissières en vinyle grincent un peu et on est obligé de les lubrifier. » Elle a eu un petit rire attendri avant de conclure : « Votre grand-mère a trouvé le seul produit d'entretien éventuellement remboursable par les assurances. Il n'y avait qu'elle pour avoir des idées pareilles… Son assureur a refusé, naturellement, parce qu'on n'a pas besoin d'ordonnance pour acheter ce genre de truc, mais elle est revenue à la charge. La semaine dernière, elle négociait encore. Je suis sûre qu'elle aurait fini par avoir le dernier mot, juste pour le principe. Ah ! Je la regretterai, allez ! »

Et nous donc ! Nous avons tous versé une petite larme, mais la tristesse n'a pas duré. Grand-Mère semble si peu partie ! Il y a l'hérédité et puis, on ne sait jamais, quelque autre de ses bizarreries à découvrir un jour, au moment le plus inattendu. Même depuis l'autre monde, Grand-Mère réussit à nous tenir sous sa coupe. Un petit bout de femme de rien du tout… Oui, c'était quelqu'un.

On ne rajeunit pas

On ne rit plus. La boîte aux lettres déborde de dépliants vantant aux retraités et – le comble ! – aux préretraités, les attraits d'un box dans une « résidence » qu'ils ne craignent pas d'appeler manoir, château ou autre variété de palace. La grande vie, quoi. Vous avez même une option vacances avec forfait annuel d'une semaine à Dentiers-sur-Mer, transport en autobus adapté compris. D'après ces pubs, rien ne vaudrait l'habitat en résidence, passé l'âge vénérable de la fin quarantaine. Rendu là, on a assez donné. On a droit aux grandes vacances dorées sur tranche à perpète.

S'il a oublié de se concrétiser dans la réalité, le concept de société des loisirs a fait du chemin dans l'imaginaire collectif. Hugues-Adrien, mon petit-fils de huit ans, envisage avec le plus grand sérieux l'année sabbatique qu'il compte prendre très bientôt. Quand l'espérance de vie moyenne dépasse quatre-vingts ans, il faut prévoir des escales. Sur une distance pareille, on n'arrivera jamais au bout si on ne se ménage pas. Ça essouffle rien que d'y penser. D'ailleurs, le mot d'ordre n'est-il pas de se faire dorloter ou, si les autres ne s'en chargent pas, de se dorloter soi-même ? (« Offrez-vous ce qu'il y a de mieux », « Gâtez-vous »). Pourquoi ? Parce que la vie est longue, c'est un fait, mais surtout, surtout, et là j'attire votre attention sur la logique imparable de l'argument, parce que vous le valez bien. Argument sans doute efficace malgré sa totale ineptie, vu qu'on le rencontre à longueur de publicité, comme j'aurai encore l'occasion de le souligner.

Donc, papier glacé et escalade de superlatifs autour de l'axe sécurité-tranquillité-confort de votre précieux petit moi pour lequel rien n'est trop beau, vous convaincront un jour que vous n'aviez qu'un but dans la vie : aller végéter durant les cinquante prochaines années dans un couloir de la mort quatre étoiles.

Poubelle ! Ou plutôt, recyclage. Pensons à autre chose. Mais non, impossible. Le courrier de demain amènera d'autres dépliants.

Une maison de votre rue, longtemps à vendre, disparaît tout à coup sous les échafaudages. On retape, on change portes et fenêtres, on construit une rampe d'accès pour fauteuils roulants, on multiplie les lanternes, on appose une plaque de cuivre : « Résidence *Les Cèdres* ». Où ça, des cèdres ? Ah ! Oui, on a planté des pousses de ce qui sera un jour une haie de ces arbustes. Enfin, un nouveau dépliant atterrit dans votre boîte aux lettres. « La résidence *Les Cèdres* » (en italiques, d'un design prétentieux et aussi vertes que les présumés cèdres). « Une maison conviviale pour aînés autonomes. Tous les services. Environnement parfaitement sécuritaire. Comme chez vous, sans les tracas de l'entretien. » Photos d'une coquette chambre aux rideaux de dentelle blanche, qu'on a supposé correspondre en tous points aux attentes de la petite vieille standard, version aisée ; du jardin fleuri (la petite vieille standard a un penchant pour le géranium) ; d'une salle à manger spacieuse au plancher reluisant et à l'aspect accueillant, ce qui est bien le moins compte tenu du loyer corsé ; d'une fraîche retraitée tout sourire, dents flambant neuves, assise dehors à côté de la tonnelle.

La semaine précédente, c'est une portion de tour, neuve aussi, qu'on vous proposait sur un plat d'argent. Il y en a donc tant, des gens qui se considèrent comme mûrs pour le parking à partir de cinquante ans ?

Mais le signe le plus évident que vous atteignez la mauvaise extrémité de la pyramide des âges, c'est la sollicitation par les entreprises funéraires. Elles vous pressentaient depuis longtemps, quoique d'une façon relativement discrète. Vous aviez des parents, non ? Alors si le message ne vous concernait pas encore, vous pouviez le passer à quelqu'un d'autre. Cette fois, impossible de s'y tromper : il vous est bel et bien destiné.

On vous propose une solution qui donnera congé à toutes vos inquiétudes et démontrera à votre famille combien vous tenez à lui faciliter la survie : les pré-arrangements. Mourez sans souci, on s'occupe de tout. Au téléphone, par dépliants, petites et grandes annonces, affiches dans le métro, à l'occasion des funérailles d'un proche (occasions qui se multiplient, vous avez fini par le remarquer), on vous répète combien il est réconfortant de s'endormir le soir en sachant de quoi aura l'air votre panoplie de parfait défunt le jour où vous ne vous réveillerez pas. Payée d'avance de votre poche, pour que vous n'alliez pas vous défiler au dernier moment.

Mon beau-frère Ronald, lui, a prévu le cérémonial de ses obsèques de A à Z. Tout ce qu'il aura à faire, c'est de mourir à Brossard. Ensuite, la maison Courchesne et Sansregret prend les choses en main et il n'a plus à s'occuper de rien. J'ai tenté d'objecter que ce serait le cas même sans l'intervention d'aucune entreprise, mais l'argument ne l'a pas convaincu.

Ronald a choisi son cercueil et les accessoires de sa dernière représentation. Il a conçu et rédigé ses faire-part. *M. Ronald Bontemps a la douleur de vous faire part de son décès le* (espace en blanc), *dans sa* (espace en blanc) *ème année. Il laisse dans le deuil…* *ainsi que…* (à déterminer). *Conformément à sa volonté, le défunt ne sera pas exposé. La famille recevra les condoléances au Salon Courchesne et Sansregret, 876, boulevard Desmarchais Ouest, Brossard* (jour et heure à déterminer). Etc. Le déroulement de la cérémonie à l'église des Saints-Martyrs-des-Iroquois, le coussin de roses rouges, les dons à quatorze œuvres énumérées en ordre alphabétique, la tombe en granit gris avec photo sur émail et lettres gravées or, le buffet pour la famille (bouchées apéritives, mini-pizzas, pain, fromages et pâtés variés, vin rosé, gâteaux miniatures) servi dans une des salles de banquet du complexe Courchesne et Sansregret (qui inclut également une résidence pour « aînés » moins autonomes), les cartes de remerciement (la photo est archivée) : tout est prévu. Tout. Moi, j'en oublie, mais eux, non. Ronald a précisé que le transfert du manoir à la résidence Sansregret puis de la résidence Sansregret à la tombe se fait automatiquement. Pas de formulaires à remplir, de listes d'attente, de problèmes de déménagement. Le rêve. Je lui ai demandé de bien vouloir m'indiquer assez tôt la date prévue pour le décès, afin de la mettre à mon agenda. Je note qu'il prête du chagrin à tous ses survivants, mais n'éprouve aucune émotion à évoquer ses propres obsèques. Il ne se regrettera pas, c'est déjà beaucoup. Rien de plus concret, pourtant. On s'y croirait.

Ma sœur Yvette ne pouvait pas rester à la traîne. Elle aussi a acheté un beau cercueil, les mêmes faire-part, le même buffet. Ils auraient pu obtenir un bon prix en disparaissant en même temps, mais ils n'ont pas osé négocier. Maintenant, ils peuvent envisager la retraite l'esprit parfaitement dégagé. Tout est planifié. Placements, voyages, testament, funérailles. Aucune ombre ne vient assombrir le tableau idyllique qu'ils se font de ces années. Que pourrait-il arriver, à présent ? Je suppose qu'ils vendront bientôt leur maison pour s'installer dans un de ces manoirs qui poussent comme des champignons. Ai-je précisé qu'ils n'ont pas d'enfant ? Mais il y a toujours la possibilité que l'un survive à l'autre. On n'est jamais trop prudent.

Et toi ? me demandent-ils. Tu n'as rien prévu ? Tu vas laisser tout le trouble à tes enfants ? Il est vrai que face à tant d'organisation, je fais piètre figure. Pas d'immeubles, pas de placements, pas d'« espérances » et surtout pas de préarrangements. Je me demande où je m'en vais comme ça. S'il ne s'agissait que de moi ! Mais combien en coûtera-t-il à mes proches pour se débarrasser de ma dépouille ? Et toutes les formalités dont aucune ne peut être qualifiée d'agréable ? C'est à croire que je n'aime pas ma famille.

J'ai dû avouer que je laisserai volontiers les survivants se débrouiller, tout comme je l'ai fait au décès de Maximilien et comme je m'organise maintenant pour assurer la vie quotidienne. S'ils n'ont pas les moyens de payer le décorum, ils m'enterreront dans ma chemise de nuit à l'orée d'un bois. Je n'ai rien contre le camping sauvage. Ou ils me laisseront où je suis – ce n'est pas moi que cela dérangera le plus. Je crains bien davantage de ne pas pouvoir honorer l'engagement de mourir à Brossard. C'est faire un peu bon marché de Ben Laden, des Chinois, des chauffards, des dictatures, des explosions de gaz naturel, des prises d'otages, des séismes, des tueurs en série, des psychopathes, des avancées de la science, des voyages interplanétaires et quoi d'autre ?

La mort était peut-être la seule chose, avec la vie, qu'on n'avait pas – jusqu'à tout récemment – besoin d'acheter. Pour le prix d'un cercueil, je m'offrirai peut-être plutôt un voyage. Qui sait si l'avion n'explosera pas, réglant du coup tous les problèmes de mise en scène ? Les appareils, tout comme nous, ne rajeunissent pas. Je vais vous faire une confession perverse : je ne détesterais pas exploser quelque part dans le ciel, au-dessus de la jonction entre deux océans, mes abattis (qu'on ne retrouverait jamais) s'y distribuant équitablement. *Osiris rides again.* Le seul inconvénient, c'est que l'assurance vie refuserait sans doute de payer. Ces compagnies savent planifier, elles aussi.

Par ailleurs, si j'en crois les statistiques démographiques, les gens de ma génération vont mourir à la chaîne. Qui nous dit qu'on fera encore toute une histoire de la mort d'un proche ? Ou que les survivants auront le loisir de s'occuper de rituels qui empiètent sur leur temps de travail ? Qu'est-ce que la mort, dans une société de consommation ? Une phase du cycle du carbone, et le cadavre un déchet dégoûtant parmi d'autres, à jeter sans plus de cérémonie.

Mais à supposer que la tendance inverse prévale, que la génération poids lourd ritualise sa disparition avec un faste jamais égalé, je voudrai peut-être des obsèques plus *trendy*. Qu'est-ce qui sera à la mode quand je partirai ? La doublure de cercueil en tweed Chanel, le cercueil en plastique à fleurs ou transparent, le concept boîte à musique (une petite toune entraînante qui joue quand vous ouvrez le couvercle), un design plus zen, l'urne de salon harmonisée au piano sur lequel on la posera, le lancer de cendres transformées en confetti fluo ou en fusées de feu d'artifice, le banquet papou devenu du dernier chic, une méditation multiculturelle combinant danse du scalp et chant grégorien ? En réglant trop à l'avance tous les détails de ma dernière représentation, je risque de paraître vieux jeu le moment venu. Or, si la première impression a une importance capitale, que dire de la dernière ? Vos proches traîneront cette image, que vous n'aurez plus aucune chance de corriger, tout le reste de leur vie. Ce sera vous pour toujours. Alors, pensez-y bien.

C'est ma petite-fille Elsa-Gwendoline qui représente sûrement le mieux l'évolution des mœurs et qui pourrait détenir la solution. Grâce à ses poupées Barbie, dont la dernière (Barbie au salon mortuaire) possède tout un assortiment de tenues et d'accessoires, elle combine les éléments de garde-robe, le mobilier, les bibelots, etc., pour simuler divers scénarios de funérailles. Conditionnée dès son plus jeune âge à considérer la mort comme une branche particulière de la mode, elle n'aura aucune objection à s'organiser une cérémonie funèbre sur catalogue lorsqu'on la sollicitera en ce sens. Grâce au logiciel *Softcorpse*, elle sélectionnera les possibilités qui la séduiront le plus. Ce logiciel la projettera dans le contexte du salon mortuaire. Elle y disposera les fleurs, les lampes, les photos et les autres éléments du décor. Une animation en trois dimensions lui permettra de visionner les rituels disponibles, à son image, d'écouter la musique assortie, de tester les réactions de l'assistance selon une variété de paramètres. La différence avec les contrats préalables d'arrangement funéraire actuels, c'est qu'elle pourra modifier ses choix de temps en temps.

Je vivrai peut-être assez longtemps pour voir la réalisation de ce qui, aujourd'hui, s'ébauche seulement. Je ne détesterais pas qu'on accroche aux poignées de mon cercueil, de chaque côté, des ballons multicolores comme ceux des fêtes d'enfants : ce serait tout de même plus gai. Je voudrais aussi un cercueil biodégradable, pour demeurer dans la ligne de mes préoccupations écologiques. En fait, j'ai beaucoup d'idées intéressantes pour mettre en scène mon départ. Il faudra que je les note car, je me connais, je crois que je vais m'en souvenir mais, au moment où j'en aurai besoin, elles se seront évaporées. Le mieux ne serait-il pas de les confier à un bon entrepreneur, qui me délivrerait de ce souci ?

Un coup de génie

Certains jours, allez savoir pourquoi, l'envie de faire le ménage vous prend. Toutes les imperfections qui vous avaient échappé ou que vous tolériez jusquelà, gazée par la routine, vous sautent soudain aux yeux : éraflures, marques de doigts, tache laissée par un insecte écrasé dans un moment d'exaspération, zones de peinture ternie, poussière, désordre, asymétrie offensante d'une étagère mal centrée par rapport au tapis ou d'une table dont une seule patte s'aligne avec les rainures du plancher, fautes de goût (surtout le vase turquoise que vous avez laissé traîner sur la cheminée en fausse brique), leur liste s'allonge à mesure que votre balayage optique – préalable nécessaire et malheureusement insuffisant au dépoussiérage – gagne en acuité. Votre regard scrutateur débusque des détails de plus en plus infimes et tout à coup, c'en est trop. Vous éprouvez l'urgence d'agir.

Phénomène intéressant, que cet état déclenchant l'action. Qu'est-ce, au juste, qui fait tout à coup basculer vers la détermination la plus farouche ce que vous auriez pu définir, si vous vous y étiez intéressée, comme un équilibre stable en apparence entre fatalisme et inertie native, d'une part, et une combinaison d'esprit critique et d'énergie combative de l'autre ? Les deux forces cessent de s'équivaloir. Il suffit d'un instant pour que s'amorce la réaction, à laquelle il est inutile d'essayer de résister.

Soulevée par ce mystérieux dynamisme comme par une lame de fond, je sors donc le vaporisateur lave-vitre, les torchons, le rouleau de papier essuie-tout, les balais, les brosses, les seaux, l'aspirateur, la cire à plancher, un arsenal de produits dont les émanations conjuguées devraient me valoir un bel échantillonnage de maladies pulmonaires[1], sans compter les dermatoses dues au contact avec ces saletés. Il suffit de lire les mises en garde sur les emballages : *bien aérer la pièce et ne respirer qu'en cas de besoin, ne pas toucher, ne pas jeter, ne pas approcher d'une source de chaleur, ne pas inhaler, ne pas avaler* (merci du conseil, sans lequel j'aurais sûrement succombé à la tentation), *ne pas mélanger avec une autre desdites saletés.* Mais on peut rincer et envoyer tout cela dans la tuyauterie sans craindre de l'abîmer. Elle se chargera d'acheminer les résidus vers le fleuve, d'où sera tiré votre prochain verre de Saint-Laurent frappé. Il y en a qui paient le gros prix pour un cocktail bien moins sophistiqué que

---

[1] Heureusement, c'est bien connu, seul le tabagisme présente des risques. L'arsenal chimique de la ménagère ne semble pas plus lié à l'explosion des cas de cancer du poumon chez la femme que les polluants mineurs comme l'air vicié du métro et du bureau, les produits coiffants, les émanations du brûleur à mazout, les matériaux synthétiques, ou que la petite marche de santé au bord de la route.

celui-là, alors qu'il suffit d'ouvrir le robinet.

Protégée par une vieille blouse, un foulard sur la tête, des lunettes industrielles et des gants de latex, sans oublier mon ignorance des interactions toxiques, je lave, frotte, récure. De petits trous dans le tissu, à l'endroit où se sont déposées quelques gouttelettes de nettoyant à émail, démontrent s'il en était besoin l'efficacité de mon armada chimique. À tout hasard, je vérifie ma cloison nasale. Soulagement : elle a l'air de tenir le coup mieux que ma blouse.

Après quelques heures de ce régime, me voilà à bout de souffle, éreintée, hagarde, cuirassée de sueur et de poussière. Pour un peu, j'irais me jeter sur mon lit sans même passer par la douche (dont je risquerais de ternir l'éclat tout neuf). La maison, elle, reluit.

Pourtant, je ne suis pas satisfaite. La saleté a disparu, sauf de ma personne, mais certains détails me laissent sur ma faim. Ainsi, dans la cuisine, autour des poignées de portes, la peinture amincie par les nettoyages répétés paraît plus grisâtre que tout à l'heure par contraste avec la blancheur retrouvée du reste. Or, je ne supporte plus ce genre d'irritants. Je me rappelle fort à propos qu'il reste de la peinture blanche au sous-sol, sûrement en quantité suffisante pour refaire une beauté à ces maillons faibles de la chaîne de propreté. Il n'y en a que pour une minute mais, après, ce sont les portes elles-mêmes qui semblent mal lavées. Je les repeins donc de haut en bas et recto-verso, après quoi les murs de la cuisine souffrent de la comparaison avec les portes devenues éblouissantes.

De fil en aiguille, je vais ainsi repeindre toute la maison, plafonds et extérieur des fenêtres compris, poncer et revernir les planchers, changer les lampes et les tapis, déplacer les meubles et les tableaux, redécorer.

Les poignées de portes m'ont fait faire du chemin ! Toutes mes vacances et tout mon budget y passent, mais je ne regrette rien. Je me lève avec émerveillement dans cet intérieur renouvelé, comme si moi aussi j'avais rajeuni de quinze ans.

Néanmoins, le déploiement de l'artillerie lourde a laissé des traces, qu'il faut maintenant effacer. La liberté, selon l'idée que je m'en fais, consiste à choisir puis à assumer ses choix. Alors j'assume, traquant les bavures, les gouttes de peinture égarées, la poussière revenue en force. Sauf que l'état de grâce est passé, le balancier inverse sa course – en direction cette fois de la zone d'inertie. Finie, la vague d'enthousiasme sur laquelle j'ai si allégrement surfé. Je me découvre écœurée, usée, démotivée. *Post coïtum...* Pourquoi, mais pourquoi ai-je bien pu me lancer dans une aussi folle entreprise ? Surtout, qu'on ne me parle plus de ménage ou de n'importe quoi touchant de près ou de loin à l'entretien domestique ! Je veux chasser tout cela de mon champ de conscience. Pourtant, je n'ai pas fini. Le calice entamé, il faut le boire jusqu'à la lie. S'arrêter en chemin, c'est le sentiment d'échec garanti. Allons, un dernier effort pour le lavage des vitres, après quoi je pourrai contempler avec une fierté bien légitime le résultat de ma campagne d'assainissement.

Je me traîne d'une fenêtre à l'autre, entreprenant

mille autres tâches entre-temps pour retarder le prochain déplacement de l'escabeau, dont l'ascension me semble chaque fois plus pénible.

Enfin, je termine la dernière vitre. Ma main gantée de latex repousse une mèche échappée du foulard, devenu multicolore au fil des travaux de peinture. Je suis trop épuisée pour ranger tout le matériel, désormais inutile, et m'en épargner la vue. Plus tard. Pour ce qui est de me réjouir, plus tard également. Pour le moment, je promène sur l'ensemble un regard éteint, presque nostalgique, peut-être même un peu amer. Une sorte de gueule de bois d'effort. Se peut-il que tout ce branle-bas ait atteint son terme et que l'heure de fermer le chantier ait finalement sonné ? Je n'arrive pas à le croire.

L'idée commence pourtant à sourdre des profondeurs de ma conscience. Une lueur se lève à l'horizon, la délivrance approche, je le sens. La perspective de la récompense se concrétise. Voilà qui me rend assez de courage pour aller ranger au moins le flacon de lave-vitre.

Catastrophe ! En passant par le bureau, je me rends compte que j'ai oublié de nettoyer l'écran de l'ordinateur. Vais-je capituler aussi près du but ? Non, évidemment. Au bord des larmes, survoltée par l'énergie du désespoir, je vaporise si copieusement le délinquant qu'il dégouline de partout, puis je frotte avec rage. En fait, je punis la vitre pour toute la frustration accumulée depuis le jour de ma naissance. Je frotte, frotte, frotte comme un assassin dément poignarderait pour la centième fois sa victime déjà très morte. Tiens, tiens et tiens ! Et encore tiens ! Voilà pour toi, enfant de salaud !

C'est au moment précis où je vais peut-être poignarder pour de bon ma victime expiatoire qu'il apparaît. *C'est la fatigue*, me dis-je. *Ces choses-là n'arrivent pas dans la vraie vie. Allons, secoue-toi ! Tu délires, tu hallucines, tu rêves, tu vas te réveiller.* Mais non, il est bien là et moi, je ne sais qu'en faire. Le regard bienveillant, un grand sourire d'un anneau d'oreille à l'autre, il émerge de l'écran dans une sorte de buée tremblotante. Il m'explique, avec une pointe d'accent sémite, qu'il en avait marre d'être enfermé là-dedans depuis qu'un petit crétin l'a sorti d'une lampe à huile pour lui offrir un logement censément plus grand et plus moderne. Et il attend mes ordres.

Pourquoi n'ai-je pas commencé mon nettoyage par l'écran de l'ordinateur ?

La belle visite

Il y a bien trois ans que je promets aux Nestor de les inviter. Plus aucun prétexte pour retarder l'événement ne tient la route. J'ai donc fini par me décider, et voilà les Nestor attablés, dans le solarium, devant des choux à la crème et une bouteille de champagne. À ce point de mon récit, il importe de préciser deux choses. D'abord, ce que j'appelle solarium, en souvenir de jours meilleurs, est une petite pièce vitrée que le soleil inonderait s'il n'y avait pas tous ces arbres dans la cour. Ensuite, en passant, Nestor est le prénom de Monsieur. Vu qu'on ne sait jamais de quel nom veut se faire appeler Madame dans les divers couples de mon entourage, j'ai adopté ce système qui m'évite d'être en retard de trois divorces au moment des salutations, invitations, présentations et autres civilités.

J'aime beaucoup les Nestor et je ne demanderais pas mieux que de les recevoir plus souvent, mais on ne les invite pas comme n'importe quel Pierre-Jean-Jacques. Nestor ne cesse de s'élever socialement, alors que pour ma part j'ai plutôt tendance à régresser. Pour le moment, il occupe un poste en vue dans la diplomatie. Habitué aux réceptions très formelles, il n'a plus grand-chose à voir avec le Nestor étudiant, joyeux drille aussi peu protocolaire que possible, avec lequel j'ai tant voyagé dans ma jeunesse. Suzette, fille d'industriels fortunés, évolue dans les ambassades, organismes internationaux et cérémonies officielles comme un poisson dans l'eau, mais sa simplicité naturelle et son savoir-faire mondain lui permettent de se fondre avec aisance dans n'importe quel environnement. Un vrai caméléon. Nous n'appartenons plus au même milieu, c'est une évidence. Et après ? Grâce à notre longue amitié, ni eux ni moi ne croyons nécessaire de jouer un rôle lorsque nous nous rencontrons (ils séjournent trop rarement au Québec). Il n'en reste pas moins que j'essaie de les accueillir avec un minimum d'égards et de décorum. Sans forcer la note, disons que je fais un effort.

Nous en sommes presque au café. Suzette a les joues très roses, Nestor a desserré sa cravate, Mikaël est en verve, je ris d'un bon mot de Nestor et tout à coup, on sonne à la porte. Mikaël connaît la consigne. Le samedi, pendant les repas, je ne suis pas là. Il s'agit invariablement de quémandeurs. Mais Mikaël revient, l'air embêté. Une dame, qui se dit une de mes amies, me demande. Je ne peux guère faire autrement que d'aller voir moi-même.

Mamma mia ! Ce n'est pas vrai ! Je rêve ! Christine ! Impossible, naturellement, de la laisser sur le pas de la porte. Bien que j'aie eu de ses nouvelles par des connaissances communes, voilà au moins quinze ans que je ne l'ai pas vue.

Christine est une autre amie de jeunesse, mais que je n'aurais pas envisagé de faire cohabiter avec les Nestor. Bonne fille un peu paumée, dont la vie – jusqu'à l'épisode le plus récent que je connaisse – a des allures de montagnes russes, elle a eu un mari volage, un amant frappeur, des phases de déprime, une fortune soudaine aussitôt dilapidée, un séjour en désintox, deux ou trois entreprises (gardiennage d'oiseaux, vente itinérante de portes et fenêtres et massages karmiques, si je me souviens bien), disparues corps et biens dans autant de faillites, des amours aussi fulgurantes que spectaculaires, une succession de passions, de la numérologie à la peinture de miniatures en passant par une mystique centrée sur les anges. Elle a élevé des chèvres, vendu des confitures, vécu en ermite dans une cabane en pierres au fond du Yucatan, ouvert (et fermé) un restaurant tibétain et un bar à soupes, fait le tour du monde en bateau avec un de ses amants. Le genre de personne qui vous regarde avec une pitié mêlée d'horreur lorsqu'elle apprend que vous n'avez pas déménagé, voyagé ni changé d'employeur au cours de l'année. Elle vient d'acheter une sorte de hangar-cuisine à Saint-Isidore, sur la Rive-Sud, où elle s'apprête à ouvrir un refuge pour animaux maltraités. Elle a justement avec elle deux chiens a-d-o-r-a-b-l-e-s, à donner en échange de bons soins.

J'espère qu'elle va laisser ses deux protégés dans sa voiture. On les entend, du solarium, hurler à la mort et griffer les vitres. Même Suzette ne peut dissimuler tout à fait sa réprobation. Elle n'est toutefois pas au bout de ses surprises.

Difficile d'imaginer convives plus incompatibles que Christine et les Nestor.

« Je peux ? » Sans attendre la réponse, Christine allonge le bras pour attraper deux choux à la crème et les engloutir en une seule bouchée. Heureusement qu'il s'agit du format profiteroles. Comme elle louche sur la bouteille, je ne peux éviter de sortir une coupe et de lui offrir du champagne. Elle essuie sur son jean un peu de la crème restée sur ses doigts avant de saisir le verre, qu'elle vide cul sec pour se remettre à couver la bouteille du regard. Les Nestor en restent médusés.

Connaissant Christine (nous avons été colocataires assez longtemps pour que je bannisse à tout jamais de ma vie cette formule de logement), je sais que c'est une question de minutes avant qu'elle monopolise la conversation. Je n'aurai jamais assez de choux à la crème et de petits-fours pour la neutraliser. Les présentations à peine faites, elle s'affale dans un fauteuil et reprend du champagne. Les Nestor écarquillent les yeux. Dehors, les chiens hurlent, déchaînés. « Tu permets, Chantal ? Je les fais entrer un moment, sinon ils vont réduire les sièges de ma voiture en charpie. Je ne reste qu'une minute ou deux et de toute façon, s'ils sont avec moi, ils vont rester tranquilles. »

En effet. Mamours délirants aux chiens, mots tendres, baisers sur la truffe, léchage de joues, queues frétillantes, galipettes de joie, glissades mal contrôlées. La bouteille de champagne ou ce qu'il en reste tremble dans son seau et l'inévitable finit par se produire. Les bisous sur la truffe laissent une odeur de vanille, que les bêtes ont tôt fait d'associer au parfum qui flotte autour de l'assiette de choux à la crème. Le boxer pose le menton sur la nappe, la face plissée par l'intensité du combat entre convoitise et bonnes manières, ses yeux suppliants dirigés alternativement vers l'assiette et vers Christine. Un gémissement explicite accompagne la mimique. L'autre chien, un doberman modèle géant, raidi sur ses pattes comme s'il allait passer à l'attaque, se contente de frémir et de haleter d'impatience, gueule entrouverte et langue pendante, crispé par l'effort qu'il s'impose pour ne pas bondir. Le manège amuse Christine, qui leur jette un chou à chacun. Chou attrapé dans chaque cas avec une efficacité impressionnante. Les mâchoires claquent, on entend « slap ! », les gâteaux disparaissent comme par enchantement, les langues dégoulinantes de salive et blanchies de crème font le tour des museaux. Prêts pour un deuxième essai. Il n'y en aura pas, mais la glace est rompue. Les chiens s'enhardissent, explorent la cuisine, reniflent les genoux des Nestor déjà aux prises avec les confidences de Christine.

Finalement, après avoir respecté un délai poli mais sans attendre le café, les Nestor prennent congé avec leur grâce habituelle. On promet de se téléphoner, sur un échange de regards éloquents. Christine proteste de ses intentions de ne pas déranger (elle ne restera tout au plus qu'une dizaine de minutes encore). Elle déplace sa voiture, un break en assez piteux état, pour permettre aux Nestor de sortir la leur. Mikaël et moi sourions du contraste entre les deux véhicules, le digne successeur de la camionnette Westfalia à bord de laquelle Christine a vécu ses années de bohème et la berline noire du corps diplomatique, alignés dans la même entrée de garage.

À dix-neuf heures, Christine partage notre souper de potage et d'œufs durs (« Il ne nous reste presque plus rien, ça me gêne de t'offrir ça… » « Ça ne fait rien, tu sais bien que je ne me formalise pas de ce genre de choses, voyons ! »). Les chiens ont adopté le tapis du salon. Allongés côte à côte, ils somnolent en bavant de bonheur, les flancs parcourus d'un frisson de temps à autre. Leur confiance fait plaisir à voir. Christine aussi se sent comme chez elle. Elle a enlevé ses souliers et posé les pieds sur le fauteuil en face du sien. La nuit tombée, rien n'annonce encore son départ.

Mikaël sort un jeu de cartes. Quelle bonne idée ! Elle adore jouer aux cartes, mais n'en a que rarement l'occasion. Attention, toutefois, elle va devoir partir bientôt.

À vingt-trois heures, Christine a gagné cinq parties sur six. Il y a longtemps qu'elle ne s'était autant amusée. Mikaël monte se coucher : demain, il travaille à huit heures. Je prépare mon dîner, car je travaille aussi, je fais la vaisselle, mets de l'ordre, repasse un chemisier. Christine a pris un livre dans la bibliothèque. En réglant la sonnerie de mon réveil, je suis traversée par une pensée horrible : qu'est-ce que tout ce bataclan dont déborde le break de Christine ? Aurait-elle planifié de s'installer chez nous en attendant d'emménager à Saint-Isidore ? Et si ce hangar n'était qu'une fable ? J'imagine Christine s'incrustant ici avec ses chiens, indéracinable, nous priant gentiment, Mikaël et moi, de faire comme chez elle.

À une heure trente du matin, en chemise de nuit, je me brosse les dents, j'éteins les lumières et ferme les portes – sauf celle qui donne sur l'entrée de garage. Domptant mon aversion naturelle pour ce genre de stratégie, je montre hypocritement la sortie à Christine. « Sois prudente en t'en retournant. À cette heure-ci, il n'y a plus grand monde dehors à part les fêtards. Je t'aurais bien proposé de dormir ici, mais nous n'avons pas de lit d'invité et, demain, Mikaël et moi serons absents toute la journée. » Elle aurait pu dormir sur un canapé, elle a l'habitude, mais que je ne m'inquiète surtout pas, elle reviendra, maintenant qu'elle est de nouveau dans la région.

Je me demande si, pour nous, le moment de vendre ne serait pas arrivé.

Pas de quartier

Parlant de chiens, le deuxième voisin de droite (Sinclair) vient d'en acheter un. À quoi peuvent bien penser des gens qui adoptent ce genre de petite horreur capricieuse, tremblotante, sournoise et snob, mais snob ? C'est qu'elle revient cher au centimètre cube, la petite horreur. Un poil hors de prix lui balayant les yeux, la chose vous observe sans cacher son mépris : nez froncé de dégoût, léger mouvement de recul... Vous-même fixez la chose droit dans le peu que vous êtes capable d'apercevoir de son regard, pour bien lui signifier la réciproque. Ouache ! D'emblée, c'est mal parti. Et son maître qui la couve d'un œil plein d'adoration !

Ça s'appelle Fanny, comme l'une des poupées tarabiscotées que ma grand-mère me montrait dans une vitrine de son boudoir lorsque j'étais enfant. Leurs visages et leurs corps disparaissaient sous un déluge de dentelles, de taffetas, de boucles brillantes. L'insecte à poils aussi, à sa manière. Sinclair promène au creux de son coude sa Fanny peignée de frais, parée de rubans rouges qui lui donnent l'air d'une vieille cocotte trop fardée. Il ne faudrait pas qu'elle se fatigue ou prenne la poussière en marchant à ses côtés. Si on s'approche, elle retrousse les babines sur les petites aiguilles qui lui servent de dents. Miss Piranha, cette fois. Que peut-il bien lui trouver ? Si au moins elle servait à quelque chose…

Mon premier voisin, celui à l'encens et au pèlerinage, a pour sa part une grosse chatte noire : Moumoutte. Avec deux T, il y tient. En dépit d'une obésité qui la rend littéralement difforme, Moumoutte ne manque pas de ressort. Elle donne la chasse aux écureuils, affronte les corneilles, extermine les mulots et exerce un leadership certain dans le secteur. Une bête de tempérament. Peu d'autres chats s'aventurent sur son territoire et, lorsqu'ils le font, elle y met vite bon ordre. Moumoutte a failli tomber en syncope lorsqu'elle a découvert Fanny trottinant, la mine hautaine, trop près de ses plates-bandes. Sublime, la scène de l'affrontement. Le bibelot de salon, qui se croyait tout permis du fait de sa supériorité raciale, montrait les dents à la chatte rompue au combat, l'équivalent d'un char d'assaut, sans se douter une seconde de ce qui serait arrivé si Sinclair, averti par un sixième sens (ah ! l'amour…), ne l'avait arrachée du sol avant qu'il soit trop tard. L'effet de surprise dissipé, Moumoutte n'aurait pas hésité à faire donner l'artillerie. Pour ma part, j'ai bien peur que de tels sauvetages ne servent qu'à persuader la petite écervelée de son invulnérabilité et alors… que le dieu des bichons maltais et autres avortons de luxe lui vienne en aide le jour où Sinclair ne sera pas dehors en train de tailler son gazon !

Car il est devenu maniaque (je parle bien sûr

toujours de Sinclair). Obsédé. Il possède une maison cossue et gentiment entretenue, soit. Mais son zèle restait dans les limites de la normalité jusqu'à ce qu'il mette sa propriété en vente. La façade a été repeinte, le terrain paysagé, le gazon banal remplacé par une variété particulièrement fournie, laquelle semble exiger des soins méticuleux et incessants. Il l'arrose même sous la pluie, ramasse un ver, intercepte une feuille qui tombe, expulse les étourneaux, arrache et éradique tout ce qui ne pousse pas droit, inspecte chaque monticule ou trou susceptible d'abriter fourmis, musaraigne ou quelque autre bestiole indésirable. Je dois dire que le résultat en vaut la peine : une somptueuse pelouse vert émeraude, dense et soyeuse, que nulle mauvaise herbe ne dépare. Là-dessus s'épanouissent des cascades d'hortensias d'un blanc éblouissant, des lys couleur de flamme et des cosmos disposés en massifs d'un art consommé. La demi-portion au sang bleu posée sur ce doux tapis représente sans doute l'ultime touche d'élégance du décor.

Mais il y a une ombre au tableau. Une grosse ombre. Il s'agit du gazon du voisin numéro un (dont je ne connais pas le nom)[2], le voisin à l'encens, propriétaire de Moumoutte. Si la mauvaise entente de leurs animaux respectifs a envenimé le conflit, il n'en existait pas moins depuis quelque temps une guerre des gazons entre les deux voisins. Disons que la guerre ouverte a remplacé l'alerte orange.

---

[2] Oui, je l'avoue : cela fait quinze ans que nous nous côtoyons et, plus le temps passe, plus je trouverais gênant de le lui demander. Nous le désignons donc sous le nom de Moumoutte, comme sa chatte, en espérant ne pas nous trahir devant lui.

Autant le gazon Sinclair s'impose par son opulence, autant le gazon Moumoutte inspire la pitié. Pelé, clairsemé, panaché de pissenlits et d'autres espèces parasites, il évoque un tapis-brosse râpé jusqu'à la corde, brunâtre et bosselé. Taillé à la diable, aussi, car le voisin Moumoutte est un inconditionnel des méthodes naturelles : tondeuse manuelle à lame en spirale (mal aiguisée) ; arrachage manuel des mauvaises herbes (mais il ne les arrache pas) ; respect des fourmis et des insectes, car la vie, c'est sacré ; opposition à tout produit chimique. Pas question non plus de gaspiller l'eau pour arroser comme le fait Sinclair, qui n'a aucune conscience écologique. Deux idéologies aussi incompatibles, manifestées par d'aussi dissemblables gazons, ne constituent pas forcément un *casus belli*, mais elles ne facilitent pas non plus la coexistence. La seule proximité du galeux ruine l'harmonie du segment de rue et dévalue du même coup la propriété à vendre. Sinclair prétend que les fourmis et les mauvaises herbes menacent son beau domaine. Moumoutte rétorque que les produits chimiques de Sinclair et ses semences génétiquement douteuses contaminent le sien, ainsi que son eau. Sinclair ricane : « Si j'avais un gazon comme le vôtre, je serais bien content que les voisins le contaminent ! ». « Vous avez droit à vos opinions, réplique Moumoutte, mais laissez-moi vous dire que pour moi, vous êtes un criminel. »

Jusqu'à l'apparition du chien, les incidents de frontière n'allaient pas au-delà des paroles moqueuses et des remarques bien senties. Fanny a tout de suite trouvé le moyen de faire tourner les choses au vinaigre. Non qu'elle empiète sur le gazon Moumoutte :

soucieuse de son confort, elle s'en garderait bien, car il n'a pas la même douceur (Fanny n'est pas portée aux concessions quant à la qualité), mais de l'extrême extrémité du sien propre, elle nargue à plaisir la chatte obèse, qui fonce chaque fois dans le panneau tête baissée. Le poil hérissé, l'œil phosphorescent, sa queue lui battant les flancs, elle gronde sourdement, prête à bondir. Elle s'y risque parfois, lorsque Sinclair n'est pas en vue, pour sonner une prudente retraite sitôt l'ennemie en fuite. De fait, les « yaf ! yaf ! yaf ! » perçants de celle-ci attirent son maître, qui ne manque pas de pourchasser la chatte. La petite peste triomphe, se fait plaindre et cajoler, plus haïssable et prétentieuse de jour en jour. Moumoutte, cela se voit, s'est juré d'avoir sa peau, mais elle saura attendre une meilleure occasion. Pour faire diversion, elle vient se rouler à nos pieds, sa large panse étalée sur le pavé en attendant la caresse rituelle, après quoi elle s'en va quêter l'approbation de son supérieur, l'homme à l'encens. « Alors Moumoutte, vieille crapule, tu lui as réglé son compte, à la donzelle ? Comment ? Pas encore ? Qu'est-ce que tu attends ? » M. Moumoutte est non violent, mais il n'oblige pas sa chatte à partager ses convictions. Sinclair a pris la peine de sonner chez lui. « Si jamais votre tonneau à pattes bouffe ma chienne, s'il lui froisse seulement un poil, vous aurez affaire à moi, je vous le jure ! » « Moumoutte fait ce qu'elle veut. Je ne vais pas l'enfermer parce que votre bon à rien de rat d'égout décoré façon sapin de Noël n'a pas assez de couilles pour se défendre ni de pattes pour se sauver. » J'ignore si l'un ou l'autre a une carabine, mais notre rue si calme risquerait alors de servir de cadre à un fait divers dans la meilleure tradition du Far West.

Notre attention, à Mikaël et à moi, s'est toutefois détournée un peu de ce cas explosif car, je ne sais pourquoi, les animaux se mettent à affluer d'un peu partout. La multiplication des points chauds modifie de façon intéressante la géopolitique du quartier. Il y a enfin de l'action et toute une dynamique à observer.

Les ados d'en face ont entrepris d'élever deux poussins, vite devenus des coqs assez querelleurs. Leurs collerettes de plumes ébouriffées ont du reste une certaine parenté avec les franges de poils de Fanny. Dénoncés par un voisin zélé (Sinclair ?), les jeunes gens n'ont pas tardé à recevoir la visite de quatre policiers et de neuf pompiers, tous en uniforme et amenés à pied d'œuvre par leurs véhicules de fonction – spectaculaire convoi qui n'est pas passé inaperçu dans le voisinage – pour confisquer les volatiles. « Mais enfin, pourquoi ? » se sont lamentés les ados. « Ils ne dérangent personne ! On les rentre pour la nuit, alors ils ne chantent même pas le matin... Faudrait pas ! » Hygiène publique, zonage, règlements municipaux, cruauté envers les animaux, leur a-t-on répondu. « Cruauté ? Mais ils ont toute la cour, un perchoir dans le cabanon où on entrepose le p... le matériel de jardinage, du blé, des vers de terre, des... »

– Ne discutez pas, sinon on va être obligé de vous coller une amende en plus.

– Et qu'est-ce que vous allez en faire ?

– À la fourrière.

– Ben, et la cruauté ?

– Vous la voulez, l'amende ? »

Exit les poulets, mines abattues des ados. Maintenant, ils ont un lapin, qu'ils gardent sur le balcon et qui ronge avec une conscience professionnelle exemplaire la dernière marche de l'escalier. Ils ont aussi un bon prétexte pour brandir le drapeau noir et pour rendre au cabanon sa vocation d'entreposage du pot.

Chez nous, c'est un oiseau qui s'est imposé. Intrigués par le bruit, nous avons aperçu un tourbillon de plumes vert et orangé – ou plutôt pêche –, frappant du bec la vitre de la porte d'entrée. Mikaël l'a recueilli dans une vieille cage à hamster reléguée au sous-sol depuis son enfance. Plus gros qu'une perruche, plus petit qu'un perroquet, l'oiseau appartenait à une espèce inconnue de nous. Malgré les annonces passées et les avis placardés, nous n'avons pas réussi à retrouver son ou sa propriétaire. L'employée de l'animalerie, celle qui m'en veut à cause de Romuald (je vous le présenterai bientôt), nous a appris qu'il s'agissait d'un inséparable. Un inséparable séparé, dans son cas. « Pas de problème », a-t-elle assuré. J'ai un peu remonté dans son estime en achetant une vraie cage à oiseau, du plantain, une clochette, un miroir et tout un attirail de babioles apparemment indispensables au bien-être de monsieur ou madame Inséparable. Désormais, le soin de l'oiseau allait s'ajouter à mes corvées du soir (lunch, frisettes, arroser les plantes, nourrir les poissons, etc.). Et quel soin ! J'étais loin de soupçonner toute la portée du contrat...

Baptisé Modestovitch, en hommage à *Docteur Jivago*, l'animal est vite devenu, tout simplement, « Oiseau ». La sale bête ! Le sale caractère ! Dès que j'ai introduit la main dans sa cage pour y installer un petit abreuvoir, il m'a pincée jusqu'au sang. Je me suis juré qu'il ne me la ferait pas deux fois. À l'avenir, Oiseau sortirait de sa cage pendant qu'on y ferait le ménage et qu'on renouvellerait ses provisions. Tout s'est passé à merveille la semaine suivante. Je croyais donc avoir trouvé la bonne méthode, mais à la fin du nettoyage de la semaine d'après, il a refusé de rentrer, sachant qu'on l'enfermerait. Perché sur le bord de la porte et se gardant bien d'aller au-delà, il gagnait sur tous les tableaux : nourriture à portée du bec, liberté à portée des ailes. Puis il a adopté la chevelure de Mikaël comme perchoir et comme aire de nidification, arrachant un cheveu de temps à autre, ravi de cette matière première disponible à volonté.

Il n'était pas question de lui laisser faire la pluie et le beau temps dans toute la maison, ni que sa présence nous empêche d'ouvrir les fenêtres, mais le rusé compère éventait tous nos stratagèmes pour le ramener dans sa cage ou, s'il y rentrait, se tenait prêt à en sortir dès qu'il nous voyait approcher. Même s'il vouait à Mikaël un amour exclusif, sa méfiance ne désarmait à aucun moment. Nous sommes allés jusqu'à installer un jeu de ficelles reliant la porte de sa cage à un recoin de la cuisine où nous pouvions nous cacher. Lorsqu'il est entré pour manger son plantain (mis exprès loin du bord), nous avons tiré sur la ficelle et crié victoire. Oiseau s'est laissé piéger de cette façon une fois, une seule. Après cela, il a lui-même tiré sur la ficelle avec son bec, préférant rester dehors. Bref, il nous a rendu la vie impossible, sans compter les incroyables sonorités qu'il était capable d'émettre, du roucoulement le plus doux aux cris les plus perçants, en passant par toute une gamme de sifflements et même parfois des chants mélodieux.

Un jour de très beau temps, nous avons installé la cage sur la table à pique-nique, dans la cour. Après déjeuner, lorsque nous sommes ressortis, la cage était vide, la porte entrouverte. Nous n'avons jamais revu Oiseau. Que s'est-il passé ? A-t-il découvert un moyen de s'évader ? C'est bien possible, étant donné que ni Aimé-Victor, ni Hugues-Adrien, mes petits-fils, ni Elsa-Gwendoline ne se trouvaient dans les parages.

Toujours est-il que non loin, Moumoutte, plus large que jamais dans la pose du Sphinx, nous observait de son œil énigmatique. Qui sait si elle n'a pas accompli sur Oiseau l'œuvre justicière qu'elle ne parvenait pas à accomplir sur Fanny ?

Deux plumes vert et pêche tombées au fond de la cage, voilà tout ce qui reste d'Oiseau. Deux plumes et un épais mystère. Un soupçon de regret, aussi, qu'on le croie ou non.

Votre appel est important

Qu'est-ce que c'est que cette éruption ? Je n'ai pas l'habitude des boutons et ils me dégoûtent. Au secours ! Un dermatologue, vite ! Il y en a un qui exerce à la clinique Métrocare, tout près d'ici, mais comme j'ignore quels sont ses jours de consultation, je téléphone pour prendre rendez-vous.

Évidemment, je tombe sur un message enregistré. J'adore les messages enregistrés, surtout ceux qui vous ramènent au point de départ après vous avoir fait faire le tour de tous les services. Essayons tout de même. Non, je ne connais pas le numéro du poste, ni le nom du spécialiste. Je ne veux pas davantage l'adresse et les heures d'ouverture de la clinique : je les connais déjà. Le répertoire de Zamfir ne m'intéresse pas au point d'attendre une demi-journée au bout du fil, béate, zombifiée de paix intérieure, que la ligne se libère. Quant à Mozart, énormément mis à contribution par les enregistrements téléphoniques pour cette même aptitude à désamorcer les pulsions assassines, il n'est pas à son mieux dans un écouteur. Du moins a-t-on pensé à ménager nos nerfs en prévision d'une longue attente. Un bon point pour la clinique.

Après tout, le choix d'une clinique ne dépend pas en premier lieu de l'originalité de sa sélection musicale. Pensez un instant aux hôpitaux de guerre, aux camps de réfugiés et autres lieux où se faire soigner n'a rien d'une partie de plaisir, lorsque soins il y a.

Nous, nous avons des menus, avec plusieurs options pour ceux qui ne veulent pas attendre d'en avoir terminé avec les préliminaires musicaux. Zamfir, Mozart et autres incontournables du répondeur cèdent alors la place à une voix féminine pleine de douceureuse condescendance. La dame en conserve s'adresse à vous comme si votre cerveau avait manqué d'oxygène à la naissance. Leeentement. Avec une exaspérante application, elle vous explique que vous avez joint la clinique Métrocare. Vous vous en doutiez un peu, puisque entre chaque pièce de Mozart ou de Zamfir, cette même personne vous susurrait : « Le personnel de la clinique Métrocare vous remercie de votre patience. Tous nos employés sont actuellement occupés. Restez en ligne pour conserver votre priorité d'appel. Nous vous répondrons sous peu. Si vous connaissez le poste… ». Etc.

De guerre lasse, j'explore le fameux menu, au cas où j'y trouverais une brèche par où entrer dans la forteresse. Comme je le soupçonnais, aucune des rubriques annoncées ne correspond à mon cas. Je n'appelle ni pour un vaccin, ni pour une analyse, ni pour une radiographie et, parmi la liste des médecins, j'ignore lequel est spécialiste en dermatologie. Je ne pense pas non plus qu'il s'agisse d'une urgence, mais il ne faut négliger aucune piste. Que nous proposent-ils, comme urgences ? Rien que de très classique. J'en serai pour mes frais, j'imagine.

« Si vous êtes victime d'un empoisonnement, composez le 1.

Si vous souffrez d'une hémorragie, composez le 2.

Si vous faites un arrêt cardio-respiratoire, composez le 3.

Si vous perdez conscience, composez le 4.

Pour toute autre urgence, composez le 5.

Pour réentendre ce menu, composez le 6.

Pour revenir au menu principal, composez le 7. »

À moins que... Il me semble que je corresponds au profil « toute autre urgence ». Pleine d'espoir, j'appuie donc sur la touche 5. La voix calibrée pour raisonner les cinglés et se frayer un chemin dans les neurones des demeurés en faisant semblant de parler à des gens normaux me conseille maintenant de m'adresser à l'hôpital de mon choix. Non merci : la clinique, c'était pour éviter l'hôpital. Le filtrage du généraliste au spécialiste. Les rendez-vous échelonnés sur un an ou deux. Les heures d'attente à chaque étape du prédiagnostic. La promiscuité des couloirs d'attente bondés. Les postes de télévision accrochés partout, répandant les échos d'émissions débiles. L'ambiance de maladie qui vous persuade dès l'entrée que vous êtes forcément atteint de quelque chose d'incurable. La culture de résignation qui abrutit les habitués au point de leur faire accepter tout ce processus comme inévitable. Non non non, pas question.

« Le personnel de la clinique Métrocare vous remercie de votre patience. Tous nos employés... » Ils risquent d'être occupés encore longtemps et je ne me sens pas assez zen pour revivre une expérience nouvelâgeuse en compagnie de Zamfir. Ma réaction aux propos de Christine, quand elle vante les mérites du lâcher prise et de la communion avec l'univers, prouve que je me lasse vite de ce genre d'approche : ses techniques d'apaisement me démolissent chaque fois le système nerveux...

La clinique n'est pas si loin, je vais y aller en personne, prendre ce rendez-vous. Dix contre un que sera plus rapide et, on ne sait jamais, le dermato attend peut-être des patients en faisant des mots croisés. Ainsi que les secrétaires, qui ne parviennent pas à répondre au téléphone.

Pari gagné, j'ai vu juste. « Vous avez de la chance, il y a eu une annulation. Le docteur Gombarichkoviczuck va vous recevoir dans un instant. Asseyez-vous. »

Je n'en crois pas ma bonne étoile. D'humeur joyeuse, j'entame la lecture d'un nouveau roman policier (je ne me déplace jamais sans un livre). Il y a de l'action, je ne vois pas le temps passer. Petit à petit, la salle d'attente se vide. Dans un instant, disait la réceptionniste. Un gros instant, alors. Le docteur s'est peut-être endormi sur ses mots croisés. Midi quarante-cinq. Diable ! Il y a deux heures que je suis arrivée. Est-ce bien normal ? J'interroge la jeune fille qui a fait mon inscription. « Oui, oui, tout va bien. Il ne reste que deux personnes avant vous. On va vous appeler dans la pièce à côté ». Qui semble l'antichambre du cabinet médical. Une autre séance d'attente pourrait donc suivre celle-ci. Comme dans les temples antiques, on pénètre vers l'intérieur au fur et à mesure des étapes de l'initiation. Déjà au seuil du portique, j'approche peu à peu du Saint des Saints. D'ici quelques heures, si rien ne perturbe le rythme où vont les choses, Dieu lui-même apparaîtra dans sa blouse blanche pour me citer à comparaître. J'aurai alors droit à un coup d'œil panoramique de dix secondes et à la délivrance d'une ordonnance, relique sacrée que je tiendrai avec tout le respect dû au temps qu'elle m'aura coûté.

Mais l'heure de gloire n'a pas encore sonné. Les deux personnes qui me précédaient sont maintenant parties, ainsi que huit autres qui me suivaient. Seule survivante, j'observe les lieux : un réfrigérateur, un évier au bord duquel gisent quantité de gants en latex, seringues, spatules et toutes sortes d'instruments médicaux dont j'ignore l'usage, un pot de violettes africaines, des chaises vides. Un haut-parleur encastré dans le plafond diffuse les mêmes airs que ceux entendus au téléphone plus tôt, entrecoupés de quelques ritournelles plus contemporaines et plus populaires. J'approche du seuil de la folie plus vite que de celui du Saint des Saints.

Le spécialiste a dû disparaître par une porte de derrière pour aller manger, comme d'ailleurs la plus grande partie du personnel, et ils m'ont oubliée là.

Il y a des toilettes dans le couloir voisin. Par moments, j'entends tirer la chasse d'eau de l'autre côté de la cloison. J'aimerais qu'on la tire plus souvent, car le bruit masque la musique, que je supporte de moins en moins. Pour passer le temps, j'imagine des scénarios de cataclysme, où je suis le dernier être humain vivant sur la Terre ravagée, entre l'évier et la violette. Mais j'ai envie de remuer un peu. Que faire ? Fouiller dans le frigo, ouvrir les tiroirs, me lancer dans l'inventaire des placards ? Jouer au docteur avec le matériel épars au bord de l'évier ? Dérouler les bandes de pansement pour me déguiser en momie ? Discuter avec la violette africaine ? Avec la musique et la causette, on ne pourra plus l'arrêter... Quelques mouvements de gym pour me dégourdir les jambes ?

Enfin, le Grand Homme entre dans son bureau, le pas pesant. Il s'était effectivement défilé par une autre porte pour aller au casse-croûte. Ne me jette pas un regard. Referme la porte. C'en est trop, je m'apprête à faire un scandale. Mais il ouvre de nouveau la porte, un dossier à la main, promène son regard au-dessus de l'assistance – c'est-à-dire moi – et laisse tomber mon nom en levant un sourcil. C'est un grand privilège, je suppose, de montrer mes boutons à un personnage tel que celui-là. Il ne juge d'ailleurs pas utile d'y jeter plus qu'un rapide coup d'œil. « Probablement une dermatite de contact. Vous mettrez la pommade que je vous prescris. Si dans un mois il n'y a pas d'amélioration, demandez un autre rendez-vous, je vous ferai passer des tests d'allergie. » Pas d'examen, pas de questions, pas la moindre lueur d'intérêt envers la personne qui vient de l'attendre pendant plus de quatre heures, pas d'explication. Du moins ai-je fait ce qu'il y avait à faire. Herr Professor, lui, reste affalé dans son fauteuil, les yeux dans le vague, sans expression. Ma parole, il a dû goûter lui-même à ses potions ! Du pas de la porte, je ne peux me retenir de lui demander, avec un maximum de sarcasme dans la voix, si ça va. Je me retiens de justesse de lui proposer un diagnostic éclair assorti d'une ordonnance du genre essayez-ça-et-on-verra-après. « Mmh… ah… », marmonne-t-il, « pas facile d'annoncer à quelqu'un qu'il a un cancer en phase terminale… Je ne m'y habitue pas. » Oups… Mes quatre boutons changent tout à coup d'échelle à l'horizon des priorités. Jugement hâtif, disais-je ?

Il ne reste qu'à acheter la pommade, même si je ne suis pas très convaincue qu'elle fera des miracles, et à tourner la page. J'ai justement plusieurs démarches à accomplir, étant donné qu'on m'a volé une partie de mes papiers d'identité dans le métro, il y a quelques jours.

Comme l'après-midi est encore jeune, je pourrai contacter plusieurs organismes, à commencer par la banque. Démarches peu agréables, mais tout vaut mieux que d'attendre, inactive, devant la porte d'un médecin. Je suis presque contente de reprendre le téléphone.

« Merci d'avoir appelé la Banque RiveSudoise. Toutes nos lignes sont occupées. Veuillez patienter pour conserver votre priorité. Votre appel est important. Un commis vous répondra dès que possible. » Tiens, Vivaldi. « Connaissez-vous notre prêt hypothécaire

progressif, notre prêt automobile à des taux imbatta-
bles et notre éventail de prêts personnels ? Passez
vite à votre succursale ! Votre satisfaction : notre
raison d'être ! » J'en suis persuadée. Oh ! Mon Dieu,
Édith Piaf ! Qu'est-ce qu'elle fait dans le téléphone
de la Banque RiveSudoise ? « Merci d'avoir appelé la
Banque RiveSudoise. Toutes nos lignes… »

Le party

C'est le party chez les voisins de l'autre côté de la rue, deuxième étage gauche du sixplex. Les ballons rouges attachés au balcon n'étaient pas nécessaires pour indiquer le lieu des réjouissances : le bruit s'en charge. Peut-être une pendaison de crémaillère, à cette date ?

La musique emplit tout l'espace, même chez nous. Dans l'appartement, on ne doit plus s'entendre. Les accalmies laissent percevoir des tintements de bouteilles, un brouhaha de voix, parfois des appels et des rires qui commencent à sonner éméché. On crie aussi, de plus en plus, dans la piscine, sur fond de plongeons retentissants. D'après les réactions du groupe – encouragements scandés avec insistance sur le rythme de « so, so, so, solidarité ! » – et les piaillements des intéressés, les invités ne prennent pas tous le temps de se déshabiller avant de sauter à l'eau. L'attraction du moment, d'après ce que je peux en juger depuis ma fenêtre, semble assez représentative de l'atmosphère de la fête : un monsieur, la cinquantaine bedonnante, court autour de la piscine en imitant un coq ; il pourchasse une dame imitant une poule. Le premier se livre à de spirituels commentaires entre deux caquètements ; la dame pousse de petits cris excités ; tous deux agitent leurs bras repliés, poings sous les aisselles, en une parodie de battements d'ailes. L'homme, perfectionniste, mime aussi la démarche sautillante du coq et ses mouvements de jabot. Je les vois passer à intervalles réguliers, car l'orientation de l'immeuble, légèrement de biais par rapport à ma fenêtre, m'offre une vue partielle de la piscine.

C'est la première belle soirée de l'été. Jusqu'à présent, la météo n'avançait que de tristounettes prévisions : passages nuageux, éclaircies passagères, plutôt nuageux, probabilité de pluie, risques d'orage, pluvieux en matinée, averses en après-midi, alternance de pluie et d'averses... Ces nuances m'enchantent, bien que le résultat soit assez navrant dans l'ensemble : terrain détrempé, croissance accélérée des branches qui cachent le soleil, couche de mousse qui envahit l'asphalte de la cour et gagne peu à peu la table à pique-nique, odeur de sépulcre dans le sous-sol, grisaille, visages maussades, sorties décommandées... Il a tant plu que même le gazon Moumoutte commence à virer au verdâtre, dirait-on. La portion d'année écoulée ressemble à un long automne entrecoupé d'hiver. Pour la première fois, donc, on a envie d'ouvrir toutes les fenêtres en même temps, pour faire circuler enfin un air tonique et dépourvu d'évocations funèbres. Je comprends les gens d'en face de laisser exploser leur joie de vivre, sauf qu'ils font un boucan d'enfer.

Je me suis couchée très tôt, malgré la chaleur, pour tenter de récupérer un peu. Mais il y a des périodes où tout se ligue pour vous refuser le repos auquel aspire tout votre être. Je soupire, résignée à l'insomnie.

Hier soir, un vrombissement m'a alertée au moment exquis où, au seuil de l'endormissement, on se sent glisser dans l'inconscience, laissant derrière soi tous les inconforts et préoccupations de l'état de veille. Le bruit semblait provenir du mur, ce qui défiait toute logique. Il m'a fallu près d'une heure et toute ma vigilance, rappelée d'urgence du pays des songes, pour repérer enfin l'origine du bruit suspect. Ce n'était pas une découverte m'engageant à dormir sur mes deux oreilles, car il y a bel et bien un nid de guêpes, soit dans l'épaisseur du mur soit dans le rebord du toit. Comme rien n'est plus actif qu'un essaim de guêpes au crépuscule, j'ai localisé, avec une marge d'erreur de zéro pour cent, la piste d'atterrissage et l'entrée du blockhaus des damnées bestioles. Mais Mikaël étant parti en vacances – et de plus en plus absent le reste du temps de toute façon –, mon soupirant écarté trop tôt, je vais devoir me débrouiller comme une grande avec mes locataires.

Tant que vous n'êtes pas conscient d'un inconvénient, vous n'en faites aucun cas, fût-il grossièrement évident et en principe dérangeant. Toutefois, une fois votre attention éveillée, cet inconvénient accapare tout votre champ de conscience, même s'il ne s'agit que d'un détail mineur. C'est ce qui m'est arrivé avec les guêpes. Ce n'est pas le premier essaim que nous hébergeons et il y a des problèmes plus graves mais, spéculant sur l'endroit où le nid pouvait se trouver et sur la possibilité d'une sortie vers l'intérieur de la maison, peut-être même dans ma chambre, je ne pouvais plus fermer l'œil. Désormais aux aguets, j'interprétais le moindre grattement, craquement ou soupir du vent comme des bruits d'ailes et de pattes, préparatifs d'un Pearl Harbor domestique. Je ne pouvais m'empêcher d'imaginer les mandibules rongeant cloison, plancher ou plafond, les antennes mobiles et les yeux fureteurs, à l'affût de la faille dans mes défenses, les dards en batterie. Je ne me suis donc endormie qu'aux premières lueurs de l'aube, les oreilles irritées par le silence persistant de l'ennemi, pour me réveiller en sursaut sur le coup de six heures, tirée du lit par le bruit d'un énorme camion de déménagement – destiné, coïncidence, au sixplex où a lieu la fête de ce soir. Quelques minutes plus tard, comme si les déménageurs avaient donné le signal du départ de la Journée internationale du vacarme, d'autres camions sont venus déverser des gravillons et livrer des planches et des pavés, à grand renfort de grondements, avertisseurs de recul et tonnerre de matériaux déboulant des bennes. Ensuite, les excavatrices, les scies et les plus bruyants outils existant sur le marché sont entrés dans la danse. Il suffit d'un jour ensoleillé pour faire naître ou renaître les ardeurs constructrices, particulièrement s'il s'agit d'un samedi. Tous les entrepreneurs, rénovateurs et bricoleurs retardés par la pluie s'en donnent à cœur joie, du petit matin à la tombée de la nuit.

La soirée avance. Dans le sixplex, seules les fenêtres de l'appartement du deuxième demeurent éclairées, mais elles le sont généreusement, ainsi que le balcon et la piscine. C'est à croire que tous les habitants de l'immeuble s'y sont réunis. Tant qu'à ne pas pouvoir dormir...

Des voix avinées chantent des chansons de corps de garde, des rires haut perchés retentissent. Ils exagèrent. Je sens la mauvaise humeur me gagner. Deux heures quarante-cinq du matin. Il y a des limites ! Je me promets que si, à trois heures, ils n'ont pas mis une sourdine, je me lève et je leur demande de fermer leurs fenêtres. J'ai fermé les miennes, bien que j'aie moi aussi le droit de respirer, et c'est loin de suffire.

Évidemment, à trois heures, la fête bat toujours son plein. J'hésite à tenir ma promesse. Je n'ai pas envie de me lever et de m'habiller, mais si je ne le fais pas, de quoi aurai-je l'air à mes propres yeux ? Alors je passe une robe et je traverse.

Personne ne m'entend sonner. Aucune importance : les portes sont grandes ouvertes. À ma surprise, personne non plus ne me demande qui je suis ni d'où je sors. Un gros homme hilare (le poulet ? je ne saurais dire) décapsule la bouteille de bière qu'il vient de sortir du réfrigérateur et me la plante dans les mains ; je fais plus couleur locale comme ça. Une fille à la chevelure dégoulinante, vêtue d'une serviette verte, s'arrête de danser et me propose d'aller me baigner. Après tout, pourquoi pas ? Je retraverse pour aller enfiler un maillot de bain. Les quatre ou cinq invités qui barbotent encore dans la piscine, l'un en costume de ville, l'un en sous-vêtement, les autres en maillot de bain, me font gentiment une place, sans s'inquiéter de mon identité. Au bout de quelques instants, je me surprends à chanter avec eux.

Il y a bien longtemps que je n'avais pris un bain de nuit. Ma foi, c'est agréable. Je nage un bon moment avant de m'apercevoir que les derniers occupants de la piscine sont partis. En rentrant à la maison, rafraîchie et plus reposée que si j'avais dormi, je me rends compte que je n'entends plus rien en provenance de l'appartement. Ils doivent s'être tous écroulés sur les lits et sur les tapis ! Au réveil, ils se demanderont pourquoi il reste une bouteille de bière pleine bien que décapsulée, mais je suis certaine que nul d'entre eux ne se souviendra de ma visite.

Maintenant que je connais le mode d'emploi, j'espère qu'ils n'attendront pas trop longtemps avant d'organiser un autre party. On s'y fait.

Délinquance

L e croiriez-vous ? Un seul quadrilatère de notre petit coin de banlieue recèle assez de délinquance, peut-être de criminalité (je ne vois pas tout) pour alimenter une solide chronique de faits divers, voire davantage.

J'aimerais qu'on me confie la tâche de faire une recherche sur ce sujet et surtout qu'on me subventionne confortablement. Je sais, ça n'intéresse personne, mais depuis quand demande-t-on à une recherche d'intéresser le grand public ? Ne subventionne-t-on pas des études dont les doctissimes conclusions pourraient se résumer comme suit : « Les enfants de parents aisés souffrent moins de carences alimentaires que les enfants issus de milieux pauvres » ? Voulez-vous me dire ce qu'elles apportent de plus que ne le ferait ma propre enquête à la compréhension de notre société ?

Ainsi, et malgré la jeunesse du projet, j'ai pu répertorier un certain nombre de cas assez typiques de la délinquance *soft* en banlieue. J'ai exclu de mon champ d'étude la délinquance caractérisée, pour ne considérer que les cas impliquant des gens que l'on ne classerait pas, *a priori*, comme des voyous, compte tenu de leur apparence irréprochable, de leur comportement par ailleurs civilisé et de leur statut social. Aucun de ces cas, du moins je le crois, n'aboutira jamais devant un tribunal. Et pourtant…

La violence verbale ne se limite pas aux scènes de ménage ou aux engueulades avec les enfants. Au moins trois de mes plus proches voisins m'ont copieusement insultée lorsque notre peuplier – il faut admettre qu'il est gigantesque – a commencé à exporter tous azimuts les chatons qu'il produit au printemps. Certes, si j'avais comme eux une piscine à entretenir, la chose ne me réjouirait pas outre mesure. Je n'éprouve pas non plus de jouissance particulière à contempler un gazon tout blanc, alors que la neige vient à peine de fondre, ni à ramasser par poignées la substance laineuse accrochée aux moustiquaires, collée aux tapis ou obstruant les gouttières ; mais allez donc empêcher un peuplier d'accomplir son cycle reproductif ! Comme cet arbre dépasse en taille, et de loin, les plus grands érables, la moindre brise entraîne ses blanches grappes, plus légères qu'un duvet, jusqu'aux extrémités du quartier. Cette année, notre peuplier a été plus prolifique que jamais. Tous les gazons de la rue, à perte de vue, n'étaient que tapis blancs et floconneux. J'en étais presque fière. Heureusement pour moi, seules les personnes qui habitent dans notre périmètre immédiat connaissaient l'origine du phénomène. Elles savaient du fait même d'où leur venait l'avalanche de samares et de bourgeons collants qui précède de peu la mue du peuplier : nos érables et notre frêne ne sont pas en reste. Les regards furieux et les propos peu aimables qui m'étaient adressés m'ont fait comprendre que je n'avais pas intérêt à me faire trop remarquer près de la maison ou dans la cour. Même le perroquet des ados (c'était avant les coqs et le lapin) s'y est mis, sautant sur cette occasion d'enrichir son vocabulaire. J'ai enrichi le mien aussi, preuve qu'il n'est jamais trop tard pour apprendre. Mais je vous fais grâce, pour le moment, de ces nouvelles connaissances...

Je ne répéterai pas davantage les très vilaines paroles d'une vieille dame d'allure tout ce qu'il y a de plus respectable, assise sur un banc du centre commercial, une canne entre les genoux et des paquets posés à ses pieds. Elle attendait sa fille, qui ne venait pas la chercher assez vite à son goût. Cette dame n'aurait sûrement pas toléré d'entendre ces mêmes paroles de la bouche de quelqu'un d'autre, et surtout pas à son intention.

Les centres commerciaux, tout comme les épiceries de quartier, constituent des observatoires rêvés pour une étude sur la délinquance *soft*. En deux jours seulement, et encore n'y ai-je effectué que des passages rapides, j'ai repéré nombre d'entorses – en tout bien tout honneur – à l'honnêteté, sans compter qu'un tas de gens bizarres semblent s'y défouler sans complexe. Des dames très comme il faut volent une tranche de poisson, des pervers s'en prennent aux produits laitiers, des gamins minuscules, futurs batteurs de femmes, tiennent leur mère en otage, des

épouses vindicatives traînent leurs maris en leur repro-
chant leurs goûts, tandis que les maris crachent à
mi-voix un quart de siècle de rancune et de mépris
accumulés. Pas de doute, l'épicerie constitue un terrain de prédilection pour toutes sortes de violences
sournoises. Croyez-moi : compte tenu de mes ambi-
tions scientifiques, je ne me permettrais pas d'affirmer
de telles choses sans être en mesure d'en fournir des
preuves. Voici donc quelques exemples de faits que
j'ai observés de mes propres yeux.

À un étalage de paniers de fraises, une dame d'un
certain âge, bien vêtue, choisit les plus belles et rejette
dans les autres paniers celles qui ne lui conviennent
pas. En échange, elle y prélève (mais en plus grande
quantité) les meilleurs fruits pour les ajouter à son
propre panier, histoire d'en avoir pour son argent ;
petit supplément qui lui semble tout à fait légitime.

Au rayon des œufs, une autre ménagère procède,
de la même façon, à un échange de petits œufs,
évidemment moins chers, contre des gros. Si d'autres
clients découvrent dans leur boîte des œufs plus
petits que prévu, ce n'est pas son problème : ils
n'avaient qu'à vérifier avant d'acheter ou à faire comme
elle.

Au rayon des yaourts, il y avait un maniaque.
Je l'ai observé un moment, sans qu'il s'en doute,
soulever un peu les opercules et les refermer en vitesse.
Il semblait tirer de son geste une intense satisfaction.
Il a aussi interverti des couvercles. Finalement, il s'est
exhibé dans toute sa gloire virile face au rayon
qu'il venait de saccager, avant de refermer son imper-

méable et de s'éloigner. Lorsqu'il m'a aperçue, il m'a saluée avec beaucoup de civilité.

Retour aux fruits. Sûr de son impunité, un homme en fauteuil roulant se paie un festin de cerises en vrac. Qui oserait s'en prendre à un handicapé ? Pour mieux établir aux yeux de tous son statut d'intouchable, il crache les noyaux dans l'étal de cerises, puis déplace son véhicule pour aller goûter les raisins. Une mère « cueille » une pomme pour sa fillette. Je la revois plus loin tandis qu'elle-même mange un croissant pris dans une corbeille de la boulangerie, ni vu ni connu. Un jeune homme sort du magasin avec une baguette de pain frais, sans passer par la caisse.

La rue n'est pas en reste, avec les gens bien qui coupent les fleurs des autres, la nuit tombée, au bord du trottoir, les propriétaires de chien qui laissent leur animal faire ses besoins sur les pelouses – c'est ça de moins à ramasser… pour eux. On les reconnaît à leur façon d'observer les alentours d'un air un peu trop dégagé pendant que Médor renifle le site. S'il n'y a personne en vue, pariez que Médor ne repartira pas sans laisser un souvenir de son passage. À ce propos, je ne résiste pas au plaisir de vous raconter ma guérilla personnelle contre ce genre de visiteurs. Notez seulement que la tactique exige une grande disponibilité, ce qui la rend difficile à mettre en œuvre en dehors des vacances, mais la satisfaction que vous en retirerez vous paiera pour le temps investi. Voici donc la recette. Vous vous embusquez derrière une porte ou un rideau, de manière à repérer les récidivistes du caca clandestin. Vos conclusions solidement documentées, vous pouvez passer à une intervention bien ciblée, donc efficace. Attendez que le chien s'installe, dans la pose caractéristique de l'espèce, pour accomplir son forfait pendant que son ou sa propriétaire, laisse en main et mine vaguement coupable, fait le guet. C'est à ce moment exact qu'il convient d'entrer en scène. Ouvrez la porte d'un geste sec, faites semblant de regarder si vous avez du courrier dans la boîte aux lettres, puis retournez-vous et demeurez immobile à fixer les intrus. En général, ceux-ci opèrent sans se faire prier un repli stratégique. Le maître entraîne l'animal comme s'il n'avait jamais eu d'autre intention, tenant en évidence le sac destiné au ramassage. Le regard du chien exprime toute l'incompréhension du monde. Vous avez un peu pitié de sa détresse, mais on ne peut pas faire à la fois la guerre et du sentiment. Ne flanchez pas et, au besoin, répétez la prescription les jours suivants. Vous serez ravi de constater que votre gazon ne figure plus parmi les escales rituelles de ce chien-là. Cela vaut bien les efforts consacrés à l'embuscade.

Quant à tout ce qui roule, j'évalue à un sur quinze la proportion des conducteurs qui respectent les arrêts et la signalisation en général. Circulant le plus souvent à pied et en autobus, je n'ai pas compté les coups bas, comme ouvrir une portière sans regarder s'il y a quelqu'un en vue ou envoyer un cycliste dans la bordure de trottoir pour tourner plus vite, mais je crois pouvoir affirmer que de tels gestes tendent à devenir la norme. Cyclistes et piétons – moi y compris – se déplacent pour leur part au mépris de toutes les règles et ne s'embarrassent pas de signaler leurs intentions. Ajoutez les pousse-pousse, les saris, du pittoresque et bon nombre de degrés Celsius, et nous n'avons plus rien à envier à Bombay ou à Calcutta.

Comme si tout cela ne suffisait pas, le troisième voisin de gauche a entrepris de grands travaux de réaménagement. Les éboueurs ont dû avoir besoin d'un camion entier rien que pour ses gravats (il a jeté dans la rue tout l'intérieur de sa maison, cloisons incluses). Cela resterait tolérable, du moment que quelqu'un ramasse les déchets, mais depuis hier, les ouvriers se sont installés dans la cour pour scier des panneaux de placoplâtre. Résultat – et je ne vous parle pas du bruit – : le vent entraîne dans notre direction d'épais nuages de poussière blanche, infecte à respirer, et un danger public s'il pleut bientôt, car tout en est saupoudré. Le hasard veut que ce monsieur ait été le plus ardent à protester contre les chatons du peuplier. Je ne vais pas tarder à lui dire ma façon de penser. Sûr qu'il va m'entendre et que je ne lui ferai pas de cadeau !

Fatale attraction

J'y vais, ou pas ?

Le pour : il n'y a pas tant de distractions à caractère rassembleur dans notre coin, surtout gratuites et à portée de piétons sous-entraînés. Les feux d'artifice représentent donc une véritable aubaine, une oasis dans la morne uniformité des jours d'été, aussi verdoyant que soit ce bout de banlieue. Chacun d'eux sonne la mobilisation générale. C'est la fête au village, l'exode. Pour être en bonne position à vingt-deux heures, des familles entières convergent dès dix-sept heures, à pied ou à bicyclette (les familles motorisées s'ébranlent plus tard), vers tous les espaces dégagés situés à faible distance du fleuve : berges elles-mêmes, terrains de stationnement, parcs et extrémités de certaines rues. Du plus petit au plus sénile, chacun traîne son pliant, des couvertures, le pique-nique, le poste de radio. Arrivés à destination, les gens s'installent, lient connaissance, saucissonnent, jouent aux cartes, plaisantent, transforment l'attente en kermesse. Dimanche à la plage... en semaine et sans plage, mais c'est tout comme. Ce soir, de plus, il s'agit du feu d'artifice présenté par mon pays natal.

Le contre : on gèle. Il y a du vent, la pluie menace. Seuls de rares inconditionnels se sont risqués dehors. La fête a une mine d'enterrement.

Comme j'ai fait du rangement dans les armoires et dans le sous-sol toute la journée, sortir me changerait agréablement les idées. Tant pis pour le temps maussade et le peu d'enthousiasme général, j'y vais.

Brrr…

La veste endossée par-dessus mon pull ne suffira pas. Je retourne chercher l'arme ultime, mon vieil imperméable mastic, compagnon sans âge, increvable, au-dessus des modes depuis mes années de collège. J'en ferais mon confident s'il était doué d'un minimum d'entendement, ou mon chien fidèle si j'avais de la sympathie pour les chiens. Je hâte le pas, car on entend déjà les premières salves du feu d'artifice. Or, tant qu'on n'atteint pas l'extrémité de la rue (à une dizaine de minutes de marche), le couvert des arbres ne permet d'apercevoir que les lueurs fugitives éclairant soudain les rares trouées entre les branches.

Mon emplacement favori se trouve au bout de la rue, à l'endroit où celle-ci croise l'artère qui longe le fleuve. Il y a là plusieurs maisons anciennes entourées de grands terrains gazonnés. De hauts arbres aussi, mais situés en retrait. Le trottoir fait face à deux immenses terrains de stationnement : celui du centre commercial et celui d'un concessionnaire Chrysler. Au-delà, l'autoroute et son viaduc. À l'horizon, les édifices voisins de la station de métro, réduits par la distance à la taille d'une rangée de dominos, puis le pont Jacques-Cartier et le fleuve. On ne distingue pas les jeux de lumière en rase-mottes, mais rien ne gêne la visibilité en ce qui concerne les autres. S'il existe de meilleurs sites pour les fanatiques – dont je ne suis pas –, celui-ci convient tout à fait à l'amateur modéré. En outre, un réverbère tout proche attire à lui les moustiques et autres fléaux volants, de sorte qu'on peut s'asseoir sur l'herbe et jouir du spectacle sans servir de cible à ces myriades de vampires format de poche. Frénétiques, vrombissants, ils se précipitent par nuées entières sur la lampe qui va les anéantir. Les cadavres de leurs congénères ont beau tapisser le sol, leurs propres ailes grésiller au contact de l'ampoule brûlante, ils en redemandent, reviennent inlassablement, abandonnant la zone obscure située au-delà du halo projeté par le lampadaire. Mais ce soir, ce dernier avantage ne pèse guère dans la balance car, d'une part, le gazon mouillé n'invite pas à s'asseoir et, de l'autre, le vent aurait vite fait de disperser les insectes.

Sur la trentaine d'habitués qui se rassemblent là chaque semaine, sans compter les « locaux » (habitants des propriétés riveraines, ainsi que leurs familles et invités), nous ne sommes que trois visiteuses et un vieux couple assis sur la galerie d'une grande maison jaune. L'homme s'est drapé dans une couverture. La femme porte une parka bordée de fourrure, capuchon relevé. Dans la catégorie « visiteurs étrangers », il n'y a en dehors de moi qu'une femme et sa fille. Je n'arrive pas à trancher, quant à l'intérêt du spectacle, entre elles et le feu d'artifice. La mère n'a rien que de banal. Un peu vulgaire, sans plus. Sa relation avec l'enfant me laisse toutefois perplexe, compte tenu de mon caractère et de l'époque à laquelle j'ai élevé Mikaël, Victoria et Anne, leur demi-sœur ; alors je guette malgré moi des indices révélateurs.

La fillette, dont l'âge doit se situer entre neuf et onze ans, a toutes les apparences d'une authentique pré-Lolita. Elle serre sous sa jupette ultracourte des jambes nues, maigrichonnes, dont les chevilles se tordent au-dessus de souliers à talons trop hauts pour elle. La moitié supérieure est à l'avenant : mèches décolorées, brossées en un désordre étudié, yeux et lèvres maquillés de couleurs pastel avec paillettes irisées, bustier minimaliste soulignant l'absence de buste. Sous le jersey ajusté percent deux amorces de seins, comme percent les petites cornes au front des chevreaux. L'unique bretelle du vêtement, dans la mesure où c'en est bien un, dégage une frêle épaule agrémentée de tatouages en forme de fleurs et de papillons. Le ventre découvert expose le nombril, orné d'une perle rouge vif en son centre, et le relief de côtes saillantes. En travers de la poitrine qui pour l'instant manque à l'appel, le mot *Sexy* s'étale en sequins multicolores. Un autre tatouage en forme de dragon orne le creux des reins. Sous l'éclairage livide du réverbère et en proie au vent qui lui rougit bras et jambes, la gamine évoque une de ces miséreuses tout droit sorties des pages de Charles Dickens ou de William Blake, ou encore une petite prostituée des bas-fonds urbains de notre siècle. Gelée, elle croise les bras sur son torse maigrelet, sautille un moment sur place puis, comme il n'y a personne ici pour

l'envier ou se laisser séduire, elle a tôt fait d'entraî-
ner sa mère.

Toutes deux repartent d'un pas aussi rapide que
le permettent les talons de la fillette. Je parierais ma
chemise que la mère lui donne toutes les vitamines
voulues pour favoriser sa croissance, qu'elle l'a inscrite
à des cours de danse pour son maintien futur et qu'elle
la met en garde contre les entreprises des jeunes ou
vieux dégoûtants qui ne pensent qu'à tripoter les filles,
même impubères.

Je commence à me sentir un peu marginale, plantée seule sur le trottoir, le nez en l'air. Je remonte mon
col. Derrière moi, sur le perron de la maison jaune,
les chaises à bascule craquent entre deux explosions.
Le couple s'est levé, la femme rentre dans ses foyers.
L'homme m'interpelle : « Madame ! Madame ! » Comme
le crépitement des fusées a pris de l'ampleur – la finale
approche –, je mets un certain temps à constater que
c'est bien moi qu'on appelle ainsi. « Madame ! » Je me
retourne. « Voulez-vous vous asseoir ? Vous seriez à
l'abri du vent… »

Je remercie le bon samaritain pour ses intentions
charitables, mais je préfère garder mes distances,
au prix d'un mensonge : « Non, merci, ça se termine
bientôt. D'ailleurs, j'adore le vent. » Qu'à cela ne tienne
(ce monsieur ne supporte visiblement pas de rester
seul), il descend du perron. « Si vous aimez le vent,
vous allez aimer ma moto. Je vais vous la montrer, elle
est juste ici, dans le garage. » Il désigne du pouce un
vaste bâtiment à l'écart de la maison. Je m'apprête à
m'en aller avec une bonne excuse lorsque la dame

encapuchonnée réapparaît soudain : « Oui, oui, allez la voir ! »

L'homme fait les présentations. « Moi c'est Léon, elle c'est Germaine. Et vous ? »

— On est mariés depuis quarante-trois ans ! précise Germaine, émerveillée.

— Tu vas prendre froid, chérie, rentre donc, l'interrompt Léon. Et à moi : Elle est sénile. Si vous la faites parler, il n'y aura plus moyen de l'arrêter. Venez que je vous montre ma moto miniature.

Et d'actionner la télécommande d'ouverture du hangar, où une monstrueuse cylindrée pleine de rétroviseurs, d'antennes, de chromes et de clignotants brille sous la lumière bleutée. Je n'en reviens pas. À défaut de kilomètres, elle semble dévorer l'obscurité.

— C'est celle-là que vous appelez une moto miniature ?

Léon est enchanté de l'effet produit.

— Vous roulez avec, ou vous passez tout votre temps à l'astiquer ?

— Sûr, que je m'en sers ! Je pourrai même vous emmener faire un tour. Vous n'aurez qu'à me demander. Vous habitez loin ? Au fait, vous vivez seule ?

Réponse vague à souhait. Germaine, revenue sans qu'on l'entende, surgit comme par magie de la pénombre.

— Montre-lui la voiture, Léon !

– Ah, celle-là, je ne la montre pas à n'importe qui, mais je vous fais confiance. Je ne vous retarde pas, toujours ?

Puisque Germaine participe à la visite, malgré les protestations de Léon (« Tu vas te fatiguer, tu devrais aller te coucher »), j'accepte d'entrer dans la salle voisine. Il est immense, ce hangar ! Un autre monstre chromé y dort, masse sombre imposante bien qu'à peine distincte. Léon allume.

– Cadillac 1962. J'ai conduit le président Kennedy là-dedans, madame, quand j'étais garde du corps à la Maison Blanche.

– Ce n'est pas celle qui... ?

– Non, non, bien sûr ! Germaine, rentre, maintenant.

Léon exhibe ses biceps tatoués – c'est le soir des tatouages... – tout en relatant sa carrière à Washington.

Je prends congé après avoir contemplé l'intérieur et la carrosserie de la merveille et m'être extasiée autant qu'il fallait. Celle-là ne roule pas, ou alors Léon passe vraiment tout son temps à la bichonner. On y chercherait en vain la trace du moindre grain de poussière. Germaine s'agite, se lance dans des anecdotes auxquelles je ne comprends pas grand-chose, car l'élocution se ressent de l'absence totale de dents. Léon tente de la calmer. D'une main, il la guide vers l'escalier de la maison. De l'autre, il fait un signe à mon intention en direction de la piscine, jusque-là cachée par une clôture : « Venez vous baigner quand vous voudrez ! » Je remercie et m'éloigne avec un certain soulagement du couple étrange, dont la femme semble deux fois plus âgée que l'époux.

Tiens, c'est une idée, cette piscine. J'appellerai notre prochain escargot aquatique Léon. On ne peut pas nier l'existence d'une certaine harmonie entre l'homme et le mollusque ; des traits communs évidents, comme la propension à adhérer et à nettoyer, peut-être aussi des affinités plus subtiles, qui se révéleront plus tard à l'analyse. Voilà un thème plein de promesses, du point de vue de la psychologie des profondeurs, mais ai-je bien envie de pousser l'enquête ?

De toute façon, de la pyrotechnie au fond de bocal en passant par les armoires, je n'aurai pas perdu mon temps aujourd'hui… Quant aux prochains feux d'artifice, cela au moins est clair : il me faudra un autre site d'observation.

Contre la ménopause

Ce que j'ai contre la ménopause ? *A priori*, rien. Tout ça a une fin et cela n'a pas que des inconvénients. Mais en examinant la question, je trouve que plusieurs choses ne vont pas. Pas du tout.

Sur le plan des principes, d'abord. Vous trouvez normal, vous, que les femmes portent à elles seules toute cette vapeur ? En tant que phénomène discriminatoire, la ménopause contrevient à la charte des droits et libertés. Or elle court encore, et j'ai bien peur que ce soit pour longtemps. Que font les politiciens ? Où aborde-t-on cette question, qui concerne tout de même plus de cinquante pour cent de l'électorat, dans les programmes des différents partis ?

Au péché contre la lettre, comme s'il ne suffisait pas, s'ajoute le péché contre l'esprit. Passé le cap du troisième millénaire, avec un peu de bonne volonté, on pourrait venir à bout de cet archaïsme. C'est d'un ringard !

Je sais, il existe des traitements, mais ce sont au mieux des faux-semblants, au pire des bombes à retardement, à l'objectif un peu simpliste : camoufler la réalité ; cacher sous le lit tout ce qui traîne lorsque la visite s'annonce. L'essentiel n'est-il pas que ces dames restent présentables et baisables ? Pour le confort de qui, au juste ? Une bonne thérapie génique et on ne parlerait plus de ménopause. Mais les sociétés pharmaceutiques – entre des mains surtout masculines, soit dit en passant – ont tout intérêt à encourager le *statu quo*, et le reste de la société à ignorer le problème.

Mesdames, c'est dommage, mais nous l'avons cherché. Car, ne nous leurrons pas, même pour les femmes peu incommodées, la ménopause signifie le commencement de la fin. Alors ou bien vous vous payez un cancer à crédit avec des œstrogènes, ou bien vous assumez : la peau flapie, le tif déprimé, la fesse molle, le pneu, le poids, les ravages de la gravité, les trente-six bobos. Vous allez devenir une loque, rien de plus clair. Mais vous avez appris à cacher votre jeu. Grâce à tout un arsenal que vous finirez par apprivoiser avec le temps, vous devenez donc expertes en camouflage de rougeurs et de décrépitude. Bonjour la teinture à géométrie variable, le botox, les bas extensibles, le silicone, les conseils de maquillage enrobés d'euphémismes songés. Vous apprenez à décoder un vocabulaire qui jusque-là n'attirait pas spécialement votre attention : aîné, peau « mature », « avec l'âge »… (De qui peuvent-ils bien parler ? Ils ne s'imaginent tout de même pas que ces trucs me concernent ?)

Or faire semblant de rester jeune et pimpante revient à empiler des sacs de sable en espérant contenir l'inondation. Cela demande de plus en plus de sable et de biceps à mesure que le temps passe mais, tôt ou tard, l'eau réussit à s'infiltrer ou à faire céder le barrage. Nier le problème, se cacher la tête dans le sable des sacs, jouer le jeu à tout prix après avoir avalé des pilules et mis ses enfants sur la voie de garage pendant des dizaines d'années pour pouvoir cumuler tous les rôles, voilà la réaction spontanée de la première génération de femmes « libérées » devant le miroir aux alouettes, sous l'éclairage cru de la panne d'hormones. Que voulez-vous ! Certaines victoires coûtent plus cher que d'autres. Mais ce n'est pas une raison pour accepter maintenant un sort de victimes et pour avaler d'autres pilules, de plus en plus amères, dans l'espoir de retarder un peu le désastre. Allons au contraire jusqu'au bout de ce que nous avons entrepris.

Que cette étape de la vie soit réservée à un seul sexe se justifie déjà difficilement. Qu'elle doive se vivre comme une défaite, en cachette, alors que, rectitude aidant, tout le monde est égal à tout le monde, quoi de plus rétrograde et inacceptable ? Chaque difformité ou dysfonction a droit de cité. Il n'y a plus d'orientation sexuelle qui tienne : on a le choix d'être homme ou femme ou les deux ou ni l'un ni l'autre ; il faut même se montrer fier d'appartenir aux deux dernières catégories plutôt qu'aux deux premières. On est minoritaire et visible, ou le contraire, mais l'ethnicité donne du chic. Toutes les langues font l'affaire. Toutes les religions, croyances et convictions se valent. Chacun détient sa vérité et c'est correct. Plus on est moche et déviant, plus il convient de s'afficher. Alors, il faudrait tirer orgueil d'être lesbienne, noir foncé et handicapée, et avoir honte de ses vapeurs ? Mais enfin, sur quelle planète vivons-nous ? Allo ! Réveillez-vous, les filles.

Sortons de la clandestinité. Affichons nos rougeurs. Le moment est venu de manifester collectivement, d'arborer fièrement nos galons, de revêtir des T-shirts à slogans, du genre : « J'ai vécu la ménopause », « La ménopause, j'en cause », etc., de défiler avec notre étendard dans les grandes occasions patriotiques, d'organiser des croisières et des safaris, de mobiliser l'industrie pharmaceutique (elle ne demandera pas mieux) pour offrir aux hommes désireux d'en faire l'expérience des simulations réalistes de cette transformation physique dont ils veulent si peu entendre parler. Lubie de femmes, prétexte pour dormir seule, croient-ils. Tout ça, c'est dans la tête. Car nous ne sommes pas comprises, j'en ai eu une nouvelle preuve pas plus tard qu'hier soir.

Le camion de la poissonnerie s'est arrêté devant la maison. Le poissonnier a sonné, j'ai ouvert et, tout en discutant filets de sole, crevettes et bâtonnets panés, j'ai senti monter à mes joues une bouffée de chaleur particulièrement réussie. Le fard le plus monumental que j'aie jamais piqué devant témoin ! En deux secondes, je flamboyais, pareille au soleil levant d'un drapeau japonais. Le poissonnier semblait très flatté, bien qu'il soit reparti sans la moindre commande, tandis que mon nouveau soupirant me gratifiait d'un coup d'œil suspicieux depuis l'entrée de la cuisine (« Qui c'était ? »)

C'est à ce moment que j'ai décidé de prendre la tête du mouvement contre la ménopause ou, plus exactement, contre l'obscurantisme et les préjugés en ce domaine, car je ne vois qu'une solution en attendant la thérapie génique : sortir du placard nous aussi, nous battre à visage découvert, quitte à mener au combat un bataillon de drapeaux japonais. Affirmons haut et fort la décrépitude, imposons-la, tirons-en fierté.

Non, la ménopause ne nous aura pas. J'en fais mon affaire. Autant dire que la question est, à quelques détails près, réglée : n'oubliez pas de qui je suis la petite-fille.

Sa libido

Les vacances n'ont pas duré longtemps... Même si je les ai trouvées un brin ennuyeuses, à tourner en rond dans la cour et à déployer un zèle ménager disproportionné, même si la publicité nous force à assimiler le début du mois d'août à la fin de l'été, j'éprouve un petit pincement à l'idée de renoncer au doux farniente pour obéir de nouveau à des horaires imposés, pour ne rien dire des comportements.

Je ne déteste pas travailler ; d'ailleurs, je ne sais pas si je supporterais le régime estival toute l'année. C'est plutôt que l'hiver, il n'est pas question de flâner dans la cour, sous le rayon de soleil, quand j'en ai envie, de partir sur un coup de tête faire une balade en vélo ou de rêvasser, vêtue d'une vieille salopette, avant de faire quelque chose qui peut aussi bien attendre au lendemain. L'intérieur de la maison n'est ni grand ni luxueux, à peine confortable. Je n'entretiens pas une cour d'amis oisifs, disponibles sur demande. Alors qu'est-ce que je ferais de toutes ces heures vides puisque sans but particulier ? Je n'ai pas non plus de prédispositions pour la solitude mystique. Je crois bien que je n'ai pas de prédispositions du tout. En effet, je ne suis pas davantage portée à élaborer des plats compliqués à déguster dans un savant ordonnancement de services et de couverts, à repasser les torchons de cuisine, à me passionner pour les téléromans ou les gesticulations de la Dame Aérobique de service. Ni pour la culture du bégonia, dont j'ignore tout. J'écrirais, c'est vrai, mais pas à longueur de journée.

Avez-vous déjà mené à bien, durant vos vacances, tout ce pour quoi vous avez prétendu manquer de temps durant le reste de l'année ? Vous voyez ! Pourtant, vous en avez eu, du temps, cette fois. Assez pour vous ennuyer. Bref, le travail bien compris aurait plutôt un côté stimulant. Talonnée par l'horaire, la créativité carbure à l'efficacité – nettement plus inspirante que le calme plat. Il reste moins de temps pour s'exprimer, soit, mais l'expression y gagne en intensité. Le problème, c'est qu'on ne peut pas s'en tenir au travail bien compris. C'est tout de suite l'engrenage, la moulinette, le broyeur. Mais ce n'est pas cela que je reproche surtout au travail.

Ma principale objection tient en deux mots : les lunchs et les frisettes. Se lever tôt n'est rien. Courir le marathon n'est rien. Demeurer toute la journée emprisonnée entre quatre murs et quatre cloisons mobiles en TNI[3] gris foncé, un plafonnier allumé au-dessus de la tête, alors que le soleil n'a jamais autant brillé de toutes les vacances, n'est rien. Étouffer dans le métro n'est rien. Enfin… presque rien, une fois l'automatisme repris. Mais que chaque soir ramène la corvée du lunch

---

[3] Textile non identifiable.

à préparer pour le lendemain, la mise en plis, les raccords de vernis à ongles, l'inspection des bas et le choix d'une tenue appropriée correspondant à un dosage idéal de dignité, de fantaisie, de confort et de variété, ça, je ne peux plus. Je panique rien qu'à imaginer l'enfilade de lunchs et de corvées de coquetterie que représente une année de travail, dont la totalité reste à venir.

Donc, ce retour me tue. Il est pourtant dans l'ordre des choses et inévitable. Et c'était hier la toute première de ces journées post-été. Heureusement, le plaisir de revoir les autres occultait un peu les inconvénients de la reprise du travail. Je ne m'attendais tout de même pas à ce que ma collègue Simone se jette dans mes bras en m'abreuvant de ses confidences ! Elle a dû les ruminer un bon bout de temps et je suppose que sa période de congé n'a pas été une réussite, pour qu'elle me les balance ainsi dès la rentrée, juste parce que j'ai eu le malheur de lui faire remarquer qu'elle semblait contente de revenir au bureau... J'espère à présent qu'elle n'a pas trop d'épisodes du même genre en réserve. Je ne sais jamais quoi dire dans ces cas-là. Ou bien je la fuis et elle va m'en vouloir (bonjour l'atmosphère empoisonnée au bureau), ou bien je la laisse continuer à déballer sa vie. Comment l'en empêcher sans passer pour une sans cœur ? Mais garder tout cela pour moi, c'est trop, alors je vous le confie sous le sceau du secret. Surtout, ne le répétez pas.

Simone, quand vous la voyez comme ça, semble une fille épanouie, en forme, plutôt jeune d'allure pour son âge, équilibrée, sans histoire. Pas du tout le genre à répandre ses secrets d'alcôve. Qu'elle ait quelque chose à voir avec une alcôve ne vous viendrait d'ailleurs pas à l'esprit. Il y a des gens qui ont une tête à alcôve, mais pas elle. Si vous la rencontrez par hasard, vous penserez à des pots de fines herbes sur le rebord de la fenêtre, à un vélo stationnaire, à des cours d'aquarelle et d'antigymnastique, à l'odeur du café le samedi matin, aux confitures maison, au décapage d'un vieux bahut au fond de la grange, à une petite soirée tranquille devant un film catégorie Disney. Tout sauf l'alcôve. Eh ! bien, les apparences mentent effrontément. Simone traîne un boulet. Qu'elle soit ou non mythomane, elle finira par craquer. Dépression, cancer, névrose, coup de folie, rien de tout cela ne m'étonnerait après ce qu'elle m'a raconté.

Imaginez-vous que Simone en a plus qu'assez des exigences de Bertrand, son conjoint. A-t-elle le droit, oui ou non, de prendre un peu congé de galipettes à soixante ans passés, après lui avoir donné cinq enfants et servi de bonne pendant quarante ans ? Bertrand a lâché le grand mot : frigidité. Simone est ulcérée. C'est un obsédé. Un égoïste. Il ne comprend pas son manque d'enthousiasme. Il ne comprend pas qu'elle ne réagisse pas comme les poupées de silicone des revues cochonnes qu'il cache au fond de son tiroir à chaussettes (mais dont il cite des passages quand ça l'arrange). Il ne comprend pas qu'elle ne s'enflamme pas quand il lui prend l'envie, à lui, là, tout de suite, de s'envoyer en l'air. Plus jeune, elle faisait son possible. « Tous les jours, plusieurs fois par jour, vous m'entendez, mais à un moment donné, j'ai été incapable de le suivre. Je n'en avais même plus envie. » L'overdose, quoi. Lui, à soixante-dix ans, est encore un chaud lapin. « Je m'allonge sur le divan pour faire la sieste, il me saute dessus. Je me baisse pour ramasser quelque chose, il me saute dessus. Je ne sais pas ce que c'est qu'un moment de répit. Même quand il me laisse tranquille, il me guette en attendant l'occasion favorable, et dans l'intervalle il n'en perd pas une de me tripoter au passage. Je vous le dis, il ne pense qu'à ça. »

Même si Maximilien ne s'est jamais rendu à de telles extrémités, je sais de quoi elle parle : enfant, j'observais souvent le poulailler chez mes cousins de la campagne. Parmi les poules, il y en avait une au cou déplumé, sanguinolent, que le coq ne laissait pas un instant en paix, et qui servait aussi de souffre-douleur à toute la basse-cour. Je compatissais, sans comprendre pour autant les causes profondes de cette solidarité.

Bertrand n'a pas sa journée de travail dans le corps (la retraite, c'est pas le bagne), mais elle, Simone, si. Et le ménage, et les courses, et son arthrite, et son dos. Alors, quand il prend son pied, elle, elle souffre. Elle a hâte d'en finir pour pouvoir enfin dormir. Lui, il ne fait pas d'insomnie. Il n'a pas non plus à se lever de bonne heure. Tout ce qu'il a à faire, c'est lire son journal et siroter tranquillement le café du petit-déj' qu'ELLE a préparé, comme au temps béni où il travaillait encore et où, par conséquent, elle ne l'avait pas dans les jambes toute la journée.

Et l'ostéoporose ? Qu'en fait-il, de l'ostéoporose ? Simone a lu *Les particules élémentaires*. Elle ne cesse de se remémorer le passage où Houellebecq décrit la dégringolade dans l'escalier de la femme en fauteuil roulant, paralysée depuis que son mari lui a fracturé une vertèbre en baisant. C'est un risque dont elle a conscience chaque fois qu'il s'approche d'elle (« à mon âge, il ne faut pas grand-chose »), et Dieu sait qu'il s'approche souvent. Pas pour l'aider, par exemple, sauf s'il y a une compensation à espérer. Ni pour un simple câlin, un petit bisou ou un mot gentil, comme ça, en passant. Non, la tendresse, il ne connaît pas. Bertrand serait tout à fait du genre à se débarrasser d'elle s'il ne pouvait plus en tirer d'agrément. Qu'est-ce que je ferais, à sa place ?

Heuuu…

« Il veut que je me fasse opérer ou que je voie un psychiatre, mais il n'y a rien à opérer ni à soigner. Je suis normale ! Si au moins il me trompait ! Ça ne me dérangerait pas qu'il reste avec moi, à se faire entretenir, mais qu'il aille batifoler ailleurs, quel soulagement ce serait ! Dire que les Chinois avaient leurs concubines à la maison, que les Arabes et les Africains peuvent se partager entre plusieurs femmes… Ça, c'est une organisation intelligente. Et les personnages des romans bourgeois et des pièces de boulevard qui sautaient leur bonne ou qui se payaient une maîtresse. » Simone est cent pour cent d'accord avec ça. « Mais aujourd'hui, il faut tout faire soi-même. Vous avez de la chance d'être veuve », conclut-elle. « D'ailleurs, je ne comprends pas ce qu'il me trouve encore. Je suis ridée, à moitié chauve, je craque de partout, j'ai l'air d'un sac à côté des petits culs roses et des nichons de vingt ans qui emplissent les pages de ses revues. Sûr qu'il doit fantasmer, et ça non plus ne me met pas en appétit. Vous croyez que je suis devenue frigide ? »

Heuuu…

Je peux difficilement me prononcer. Probablement pas, mais ce n'est pas non plus une impossibilité. Je m'en suis tirée par une platitude usée jusqu'à la corde : « Oh ! J'oubliais mon rapport à remettre avant onze heures. À plus tard, Simone. Je vous promets d'y réfléchir. »

Ouf.

Et maintenant, qu'est-ce que je fais ? Je suis d'autant plus dans l'embarras que, lorsque Bertrand est venu chercher sa moitié à dix-sept heures, j'ai trouvé qu'il me regardait d'un drôle d'air. J'ai eu l'impression de me trouver face à un tueur en série déguisé en papy standard. En un sens – Simone ne me pardonnerait pas de dire une chose pareille, mais vous ne la répéterez pas –, je suis plutôt soulagée de savoir qu'il a toujours une proie sous la main.

Je veux rentrer

Le rythme bureau-métro-dodo prend du temps à réintégrer nos horloges biologiques. Sous un quadrillage de néons qui fournit à tous – qu'on rentre ou non d'un éden tropical – le teint blême du bon employé, dans le chuintement des climatiseurs, l'équipe s'escrime en évitant de regarder dehors.

Témoins impuissants de la splendeur du jour, nous sortons pile au moment où le soleil amorce son déclin vers l'horizon. L'asphalte a emmagasiné la chaleur ; il nous la rend comme le désert offre au voyageur assoiffé, pour mieux l'égarer, le mirage d'une oasis. Il fait encore beau, il fait encore jour, mais tous ces « encore » sentent le fond de tiroir. À nous les restes. Il faudra dorénavant attendre le week-end pour reprendre contact avec l'environnement naturel, et cela, à condition que le beau temps veuille bien se maintenir. En comptant plutôt en week-ends (mesure plus fidèle de la vie) qu'en jours, encore trois ou quatre et l'automne sera là, l'automne voleur de matins lumineux et de crépuscules tardifs, tandis que la besogne vole le reste du jour.

Que de choses à réapprendre ! Aujourd'hui j'ai du mal à le concevoir, mais dans peu de temps, je piafferai d'impatience parce que le four à micro-ondes met deux grosses minutes à réchauffer mon lunch et j'aurai hâte de rentrer le soir pour pouvoir continuer le travail apporté du bureau. Il faut le faire ! Incrédule, j'écouterai Christine détailler au téléphone sa recette de poulet sans poulet (elle est ultra-végé), qui nécessite beaucoup de légumes et beaucoup d'amour – sûrement aussi beaucoup de temps et de tofu –, en me demandant sur quelle planète elle peut bien vivre et comment l'orbite de cette planète est parvenue à croiser, le temps d'une brève conjonction, l'orbite de la mienne. La vie n'en est pas à une étrangeté près... J'écoute sa voix, si lointaine, débiter des « paroles de paix » pendant que j'écrabouille les araignées et que je me régale de rôtis bien saignants. Je m'entrevois dans le rôle de la barbare à laquelle on tente d'expliquer la civilisation. Ouh ! La tête me tourne. Je chasse vite de mon esprit ces images dérangeantes et retourne à mes occupations qui, de l'avis de Christine, m'aliènent complètement. Elles remplissent pourtant chaque jour mon assiette et celle de Mikaël sans que j'aie à jouer les parasites.

Il est temps de refaire connaissance avec le trajet de retour : marche de dix minutes, une demi-heure de métro avec changement de ligne, autobus de la Rive-Sud, nouvelle marche, celle-là beaucoup plus brève. L'avantage, c'est que je ne m'ennuie pas. Chaque transfert me plonge dans une nouvelle microsociété pleine de détails fascinants.

Ça commence avec l'ambiance musicale. Le vieux Hongrois qui massacre des fragments de l'*Ave Maria* de Schubert, de *Plaine ma plaine* ou de la *Sixième rhapsodie hongroise*, selon les jours, au violoncelle, entrecoupe les instants de musique (je regrette de n'avoir pas d'autre mot) d'intermèdes parlés, incompréhensibles, et de mimiques de désespoir : le dollar qu'il a déposé en arrivant pour donner l'exemple, il le reprendra en partant. Je n'ai vu personne, jusqu'ici, y ajouter le moindre sou. Les habitués de la station n'accordent pas un seul regard au musicien, tandis que les autres ont le temps de sortir avant d'avoir compris à quoi rimait tout cela. Le vieux Croate, de service l'après-midi, a plus de chance, bien qu'il « joue » n'importe quoi tantôt à la flûte, tantôt à l'harmonica, tantôt à la mandoline. Il souffle, promène ses doigts ou gratte au hasard, selon l'instrument, produisant des sons aléatoires, mais lui, au moins, n'admoneste pas les passants. Parfois, un grand gaillard recruté parmi les pensionnaires du Centre pour déficients intellectuels voisin entonne d'une voix de stentor des chants liturgiques. Bien qu'on n'en comprenne pas un traître mot, les airs en sont inscrits dans les gènes de tous les gens de cinquante ans et plus. Sa puissance vocale, amplifiée par la voûte du couloir, parvient à enterrer le fracas des rames qui arrivent. À cette notable exception près, le métro engloutit indifféremment dans sa grande gueule noire les restes musicaux des hôtes habituels de la station, la musique diffusée par les haut-parleurs et des avis aux voyageurs aussi incompréhensibles et tonitruants que le géant liturgique. Ralentissement sur la ligne, incident technique, panne d'électricité, « intervention des ambulanciers ». La routine. Patience et longueur de temps…

Au terminus, ce sont plutôt les odeurs qui m'assaillent. Les nombreux commerces de frites, pizzas et autres poutines saturent l'air d'une combinaison de fromage aigre et de vieille graisse. En attendant l'autobus, j'ai tout le loisir d'observer un échantillonnage sans cesse renouvelé du genre humain, différent selon les lignes, toujours étonnant. Au hasard : une belle aux paupières couleur de sucette à la lime ; une quasi-octogénaire à la chevelure teinte en ébène, attifée d'une veste de faux léopard, pantalons moulants en ciré noir et escarpins à talons aiguilles ; une jupe en dentelle sur de gros mollets gainés de bas noirs surmontant eux-mêmes des bottes de motard ; des tignasses surréalistes ; des groupes d'ados noirs cliquetants de pendeloques, ruisselants de diamants et chatoyant de maillots pastel, le fond de culotte à hauteur des genoux ; un colosse barbu qui lit, œil humide et bouche ouverte, un roman pour midinettes. Le livre dépasse à peine ses grosses paluches aux phalanges velues. Je peux entrevoir quelques lettres du mot « Harlequin » au dos de la couverture.

Dans l'autobus, l'horreur. Est-ce que je me réhabituerai vraiment à cela ? À trois minutes du départ, les passagers s'entassent déjà à la limite du possible. Tout le monde sue à grosses gouttes. Le chauffeur a monté le volume de la radio pour ne pas perdre une miette de la ritournelle à la mode : chanteuse banale avec accompagnement à discordance maximale, trompette une mesure en retard sur le peloton et coups de cymbale en récupération du tempo perdu. Quand je pense que j'en ai pour un an avant de prendre à nouveau congé pour quelques semaines !

Je veux descendre ! Je veux du calme ! Je veux ma cour !

À ma gauche, un type agité de tics convulsifs discute avec la fenêtre. Entre les têtes, les feuilles des arbres, à peine touchées de jaune, brillent sur un ciel d'azur, dans les rayons déjà très obliques du couchant. Même vus depuis un autobus bondé, les couchers de soleil sur le fleuve représentent un somptueux spectacle : horizon couleur de feu, bourgeonnements grandioses de nuées sombres ou éblouissantes, miroitements de l'eau, silhouettes des ponts se détachant en contre-jour sur tous ces embrasements. J'ai peu de temps pour m'en émerveiller, mais la vision d'un tel décor fait oublier bien des fatigues.

J'ai fini par trouver une place assise quand une grosse dame au parfum pestilentiel s'est extirpée de la banquette à ma droite. À l'endroit qu'elle occupait, mes pieds froissent du papier : c'est la première fois que je piétine un journal chinois. Mon nouveau voisin, appuyé contre la vitre, semble dormir. Une énorme matrone noire, mamelue, ventrue, fessue, répand sur moi tous ses bourrelets, me coince contre le voisin somnolent. Majestueuse sous son foulard vert et rouge noué en turban sur la tête, enveloppée de multiples pans de tissu, deux cabas au bras, elle en mène vraiment large. Je prends des coups de cabas sur le menton à chaque mouvement du bus, mais ce n'est pas le moment de protester. Son air rébarbatif laisse présager la maîtresse femme à qui on ne s'attaque pas impunément. En cas de conflit, il est certain que je n'aurais pas le dessus. Je n'essaierais même pas de plaisanter. Mine de rien, les autres passagers prennent toute la distance que leur permet la situation. Puis un cahot projette l'homme endormi contre moi. Il ouvre un œil halluciné et le referme, avant de s'abattre sur mon épaule, où il continue son somme. Que faire ? Il va être temps de m'approcher de la sortie si je ne veux pas rater l'arrêt. Si je pars, l'homme tombe. Si j'attends, non seulement je cours le risque d'aller plus loin que prévu, mais on va me prendre pour une vieille vicelarde qui s'offre un gigolo – quoique les gigolos choisissent rarement l'autobus comme moyen de transport. Le temps de peser le pour et le contre, le voilà maintenant qui dort comme un bienheureux, touchant dans sa confiance, bouche ouverte et tête renversée. Je dois lui rappeler sa maman. Bientôt, il va me baver dans le cou. Je finis par le repousser vers la fenêtre avec mille précautions. J'avais tort de m'en faire : il ne s'aperçoit même pas du changement et personne autour de moi ne s'est rendu compte de la manœuvre.

Lorsque je descends, le jour a fait place au crépuscule. Enfin je respire ! Enfin la paix ! Je pourrai m'offrir un petit snack relax et un intermède de bain moussant avec un bon polar, avant de reprendre le fil des corvées. Je me délecte du gazouillis vespéral des oiseaux, avec le même bonheur qu'un être suant et crasseux aurait à plonger dans un ruisseau d'eau vive pour en sortir lavé, frais, ravigoté. Moumoutte vient à ma rencontre avec la démarche d'une altesse royale malgré sa panse traînant dans la poussière. De joie, elle bascule, ventre et pattes en l'air. Elle se propulse sur le dos comme elle seule sait le faire : je ne connais pas d'autre chat capable de ramper ainsi, à l'envers et sur une telle distance. S'il existait une épreuve olympique de dos crawlé félin, Moumoutte ne saurait plus où mettre ses médailles d'or. Pour le moment, elle s'exhibe sur le trottoir, au grand amusement des flâneurs. J'ai presque honte de passer pour sa propriétaire. Puis, sans transition, elle se remet sur ses pattes et s'éloigne, sa dignité retrouvée, avec une mine à la je-ne-vous-connais-pas-madame-que-me-voulez-vous ?

À la maison, un déluge de sons plus violents les uns que les autres m'accueille. Mikaël et deux copains répètent une de leurs compositions musicales à grand renfort de batterie, guitare basse et enregistrements électroacoustiques. Portes et fenêtres fermées, les oreilles protégées par un casque, ampli au maximum, ils ne m'ont pas entendue arriver. Oh ! God ! Vivement le bureau !

Le bois dont je me chauffe la langue

La réforme ! Aimé-Victor a commencé l'école l'année dernière. Il était à peine habitué au nouveau rythme des journées, aux nouvelles têtes, à la nouvelle façon de s'asseoir (par terre), à tutoyer les adultes et à exprimer son vécu, et voilà que les priorités changent. On va remettre à l'honneur des pratiques jugées rétrogrades comme la politesse et la discipline ou certaines règles d'écriture.

Il est donc question de promouvoir une tout autre ligne de pensée et l'école d'Aimé-Victor compte parmi les établissements choisis pour expérimenter le nouveau programme. Le vécu n'a plus la cote. *Exit* le vécu (certains enfants en ont trop, on ne sait plus comment le *gérer*), place au constructivisme, à la compétence, nouvelle panacée, soigneusement découpée en objectifs, sous-objectifs, standards, sous-standards, critères, sous-critères et ainsi de suite. Et prenons bien garde de ne pas confondre ces objectifs avec un quelconque contenu : les enfants ne sont tout de même pas des cruches à remplir !

Il faut voir les malheureux enseignants, transformés tantôt en amuseurs publics, tantôt en comptables (en fait, en tout sauf en pédagogues), tourner mille fois leur plume avant d'écrire. Que se passerait-il si, en raison d'une erreur d'étiquetage, une méthode d'enseignement prenait la place d'un prétendu objectif ou, pire, déguisait une forme sournoise d'évaluation ? Un inavouable critère de performance ? Quelque chose qu'on ne peut même pas nommer ? Car l'enseignant et l'enseignante ne devront pas se laisser détourner de l'essentiel – compiler et éplucher des statistiques, appliquer des normes, appeler un chat un félidé (terme à expliciter ensuite au moyen d'une série de fiches techniques), classer, évaluer, remplir des grilles, des colonnes, des feuilles de planification, des rapports – par les états d'âme des élèves, leurs questions, leurs problèmes ou les protestations d'estomacs vides.

Je suppose que, lorsque le moment sera venu d'écrire ses premiers mots, Aimé-Victor laissera tout le monde à des années-lumière de son univers lexical. Son aîné, Hugues-Adrien, avait une famille. Aimé-Victor, non. Il a un cadre de référence parental et une fratrie. Ses copains sont devenus des pairs. En classe, il interagit avec le groupe-témoin durant les heures-contact en attendant la récré, pardon, la pause ludique. Bientôt, il prendra conscience de son processus d'apprentissage, réfléchissant sur sa réflexion en un admirable effort métacognitif. D'année en année, il intégrera les concepts et les attitudes de *son aujourd'hui* (c'est ce qui tend à remplacer le vécu) à ses acquisitions précédentes, intégration mesurée avec soin au fil des étapes d'évaluation. Qu'il ne sache rien n'a en soi aucune importance, s'il nomme correctement les étapes du processus par lequel il aurait dû apprendre et si le taux de réussite du groupe-classe se maintient, quoiqu'il arrive, au-dessus de quatre-vingt-cinq pour cent. Enfants et enseignants n'auront qu'à se conformer à ces standards somme toute raisonnables, financièrement, pardon : politiquement... je voulais dire pédagogiquement parlant.

Aimé-Victor n'aura aucun mal à maîtriser le vocabulaire, pour nous rébarbatif, de l'expérience pédagogique en vogue : il est tombé dans la potion magique presque à la naissance. Il parle déjà de son grand-père Maximilien, décédé il y a deux ans, comme d'un *ayant-vécu*, et de lui-même comme d'un *apprenant*. Il explique admirablement comment désamorcer un conflit, ce qui ne l'empêche pas de se battre comme un chiffonnier et de converser avec ses pairs à coup de « Hey ! man, tsé veux dire. C'est full hot, man, comme ! » (À quoi il convient de répondre : « Ouais, genre »).

Je critique, je critique, mais en y pensant bien, la disparition du contenu formel de l'enseignement pourrait avoir du bon. Voilà dénoncée l'hypocrisie du mot (*contenu* signifie en réalité, assez souvent, *vide*), et puis les enfants acquerront peut-être quelques habiletés, en fin de compte. Hugues-Adrien parle comme nous, mais il remplit six cahiers pour faire une division. Avant-hier, il est revenu très fier de lui : il n'avait que trois fautes dans sa dictée. En y regardant de plus près, j'en ai compté une bonne cinquantaine, mais seules les trois fautes comptabilisées correspondaient aux objectifs du programme. Les autres, l'enseignante n'a pas à s'en occuper. Elle n'en a d'ailleurs pas le temps, accaparée qu'elle est par les complexités de l'évaluation. Mais Hugues-Adrien est de la précédente réforme, celle d'il y a deux ans.

Aimé-Victor, c'est bien probable, ne saura jamais ce qu'est une règle de trois ou une règle de grammaire. Cependant, il apprendra tout seul, en bricolant un peu, à s'introduire par Internet dans les dossiers secrets du Pentagone entre deux récitations de comptines pour attardés mentaux (celles-là ne disparaîtront pas des programmes, j'en parierais ma chemise). Le samedi, il réclamera un projet-biscuits ou une immersion en art cinématographique, tout en convertissant le frigo en salle d'exposition. Ils réaliseront de grandes choses, ces enfants-là, il faudra trouver de la place. Mais ce qui compte, c'est qu'il mène à bien *son grandir*, encadré de façon appropriée par les divers intervenants en milieu scolaire et par ceux qui partagent avec lui *un lien de parentalité*, qu'il relève les défis *qui le confrontent* et qu'il *questionne* sans cesse ses compétences. Son environnement adulte, lui, doit apprendre à *lâcher prise* et à faire confiance à sa capacité de *transférer ses habiletés* d'un domaine à l'autre, transversalement. La métacognition, tout est là.

Nous, nous apprenions l'alphabet, les tables de multiplication et les règles grammaticales comme des perroquets sans cervelle. Aimé-Victor, lui, appliquera sa logique à la résolution de problèmes. Aucune énigme ne devrait le rebuter : on lui aura appris à apprendre par essais et erreurs. Un est-il plus grand que deux ? Dans le doute, il sortira sa calculatrice. Nous ne savions pas manier de tels outils. Convaincus de la toute-puissante autorité de l'Académie française, nous n'aurions pas songé à discuter ses diktats. Nous nous échinions servilement sur les exceptions, parmi lesquelles il nous arrivait parfois de dénicher les règles. Si Aimé-Victor et ses pairs ne savent pas écrire, où est le problème ? Ils démontreront l'ineptie de ces recettes d'un autre temps, exigeront des réformes (ça, ils connaissent), changeront l'écriture. De toute façon, il n'y a pas de bonne réponse ou, plus exactement, toutes les réponses sont bonnes, puisqu'il ne s'agit pas de trouver mais de chercher.

Que faisions-nous, alors, de notre aptitude à critiquer ? Nous claquions la porte de notre chambre, tout de suite rattrapés par des parents écumants, ou nous allions fumer dans les cabinets. Je ne parle même pas d'information et de créativité. Nous aurions été bien incapables, à onze ans, d'accéder à la bibliothèque du Vatican, de pirater le site de la NASA, de copier des disques ou de fonder une coopérative de pastilles à la menthe.

Ces enfants qui ne feront rien sans s'autoévaluer forceront plus tard les autres à suivre leur exemple et les jugeront au moyen des mêmes critères. Quoi de plus stimulant pour l'intellect ? Quoi de plus sécurisant ? Cette entrévaluation peut devenir une activité à temps plein, un beau projet de société, une forme sublimée de l'épouillage mutuel (qui comble d'aise les chimpanzés) et un succédané très présentable du voyeurisme populaire.

Ne rien tenir pour acquis. À bas les acquis. Une fois intégrés, à quoi pourraient-ils bien servir ? Remettons-les en question aussitôt. Massacrons la connaissance que nous n'avons pas pu acquérir. Et ceux qui la détiennent aussi. À bas les vieux chnoques réactionnaires, les méprisables bourgeois. Flinguons ceux qui ne changent pas, et en avant les lendemains qui changent ! Faites place. Qui eût cru, à commencer par son auteur lui-même, que la méthode cartésienne accoucherait du maoïsme ? Du doute mal encadré à la subversion, le chemin n'est pas long.

Ah ! oui, parlons-en de la réforme ! Sous le manteau de quelques avantages à consistance d'écran de fumée et d'un vocabulaire songé, dépasse le jupon de la révolution permanente. On engloutit les casseroles et les petites cuillers du Grand Bond en avant dans les hauts-fourneaux, après quoi ce sont les élites (oh, le vilain mot !) qui passent à la casserole. Ce qu'il faut, c'est garder bien chaude la soupe du changement. Ainsi tenu en haleine, le peuple ne cesse de se demander « comment » atteindre les objectifs. Il n'a pas le loisir de se demander « pourquoi », tandis que le monstre bureaucratique engraisse. Charognard nourri d'élites décapitées et de libertés anéanties, gouvernant sans jamais être élu, il consolide son pouvoir sur le vide normalisé. Le peuple, carburant quant à lui à l'absurdité, soufflera dans la bulle où le monstre s'épanouit pour la maintenir bien gonflée.

Là-bas, on n'en veut plus et pour cause, du changement systématique. Ici, on découvre ses charmes en même temps que les sushis, qui n'ont rien à voir mais font si délicieusement exotique. Que nous réservent-

ils, nos petits gardes rouges ? Vous ne trouvez pas qu'il
y a déjà beaucoup de bois sous la marmite ?

Zen

Ça y est, en voilà une autre. Elle prend son temps, plane, tournoie, remonte, pique enfin, atterrit avec grâce. Feuille jaune sur gazon émeraude : puissant symbole. Les soirées ont fraîchi ainsi que les matins, le soleil monte chaque jour un peu moins haut au-dessus de l'horizon. Dans les arbres encore verts, la lumière du soir accroche un poudroiement doré. Bientôt, des millions de feuilles rejoindront celle-ci. Il y aura du soleil dans la cour – trop tard pour en profiter.

Déjà, la densité du feuillage a diminué. Tant de lumière surprend, par contraste avec le puits ombreux qu'était notre terrain il y a si peu de jours. Lumière magnifique, d'ailleurs, qui, en prenant les formes à revers, sculpte et transfigure les moindres détails, découpe les nervures, rehausse les reliefs de l'écorce, exalte les contrastes, traverse et allège toute chose. Je n'en finis plus d'admirer ce travail d'orfèvre. Mais trêve d'élans poétiques. Dans la cabane à outils s'alignent deux râteaux et des pelles de différents calibres. Les premiers ne vont pas tarder à reprendre du service. À peine auront-il rempli leur office que les secondes entreront en action…

L'épreuve de force entre le banlieusard et la nature ne connaît pour ainsi dire pas de répit au cours d'une année. Il n'y a guère que l'été où la lutte coexiste avec les agréments du farniente et revêt un caractère plus créatif. Il ne faut pas baisser la garde pour autant, car c'est le moment où l'on taille, où l'on extermine larves et mauvaises herbes, où l'on traque la fourmi, la guêpe, le pissenlit. Celui où l'on consacre ses soirées à l'arrosage. On vérifie aussi l'état général du bâtiment. En prévision de l'hiver (jamais bien loin), on nettoie, répare, repeint, colmate. Il paraît que les hannetons viennent de connaître un boom démographique sans précédent, à l'inverse des banlieusards eux-mêmes, du moins par ici. Il suffit de soulever une pierre ou une dalle, d'arracher un chardon, pour voir grouiller de grassouillets vers blancs, futurs hannetons pondeurs d'autres générations de vers blancs. Mouffettes et ratons laveurs, friands de ce gibier de choix – le rêve : la proie engraisse, immobile, en attendant la visite du prédateur ! – ont labouré le gazon pour y déterrer les larves succulentes et dodues, tandis que les survivantes se régalaient des racines, laissant partout le sol chauve, ravagé, pareil à celui du voisin Moumoutte. Aucun Rive-Sudois normal n'éprouverait trop de surprise si d'aventure on le priait de déménager sur une autre planète.

Après les samares et les bourgeons collants des érables, le duvet des pissenlits et celui du peuplier, le pollen de l'herbe à poux, la tonte hebdomadaire du gazon, l'épandage de nématodes exterminateurs de vers blancs, voici revenu le temps du ramassage des feuilles. Chacun guette les arbres du voisin, surveille la direction du vent, renouvelle ses stocks de sacs orange. Deux de nos trois voisins transforment leur récolte de feuilles mortes en une substance qu'ils appellent, avec un rien de complaisance, du compost. La recette est simple : il suffit de tasser les feuilles en un épais bourrelet au pied de la clôture au lieu de les ramasser. Comme ils ont tous deux fait remblayer leur terrain, qui domine désormais le nôtre d'une bonne vingtaine de centimètres, le liquide qui suinte du bourrelet au fur et à mesure de la décomposition s'égoutte de notre côté. Nulle végétation ne se trouvant là pour l'absorber, le peu engageant exsudat forme de petites mares stagnantes. Assez joliment irisées par les reflets du soleil déclinant, elles peuvent avoir un certain charme, de loin, si on ne s'arrête pas à leur composition, avant de disparaître sous la neige. Puis, au retour des beaux jours, ce concentré nutritif trouve une seconde vocation en tant que pouponnière à moustiques. Mais nous n'en sommes pas encore là. Du calme !

Cette année, je me suis mise au tai-chi. Je suis même parvenue à une relative continuité dans le mouvement... sauf que le salon n'offre pas le même potentiel d'enchaînement que le gymnase de l'école où ont lieu les cours. Impossible de « ramasser les nuages » comme il se doit ou de « flatter l'encolure du cheval » entre la table et le fauteuil. Ce truc a été conçu dans une autre vie. Ici, il me faut plus que de l'imagination pour me mettre dans la peau d'un tigre bondissant quand j'ai le nez collé sur la photo de mariage de

tante Georgette, moi-même à l'arrière-plan, en demoi-
selle d'honneur, soulevant le voile et la traîne avec
un sourire niais, ou que je finis le mouvement les deux
bras dans le rhododendron. L'heure du ratissage a
maintenant sonné, qui m'ouvre des perspectives quasi
vertigineuses. Exercice en plein air ! Mouvements har-
monieux ! Pourquoi n'ai-je pas pensé plus tôt à cette
équation ? La voilà, la clé : pratiquer le tai-chi dehors.
Il y aura bien un arbre sur mon chemin de temps en
temps, mais tellement moins d'obstacles qu'à l'intérieur !

Aussitôt dit, aussitôt fait. Un pur plaisir. La grue
blanche prend son envol dans toutes les règles de l'art.
Le tigre bondit... dans l'érable. Rompu à la pratique
du compromis, il recule pour mieux reprendre son
élan selon un angle modifié. Ce faisant, il a perdu
un peu d'authenticité, ses automatismes le laissent
en plan. Le voilà perplexe, une patte en l'air. Qu'est-
ce qu'on fait, ensuite ? Rien de tel que d'y penser pour
perdre le fil. Autant danser le tango en comptant les
pas ou marcher en regardant comment se posent les
pieds. Reprenons tout cela du début. La grue déploie
ses ailes encore une fois, non sans jeter un coup d'œil
inquiet sur les troncs voisins. Non, ça va. Juste un peu
déconcentrée, elle parvient quand même à se méta-
morphoser en serpent, en coq, en tigre à nouveau,
en évitant l'érable.

Au moment où je m'apprête à devenir cheval, je
m'avise que le voisin du deuxième, en face, m'observe
de son balcon avec un intérêt non dissimulé. Depuis
quand ? Mon enthousiasme pour le tai-chi en plein
air s'effondre d'un seul coup. Bientôt, toutes les feuilles

auront disparu au fond des sacs orange. Tout le quartier pourra se rincer l'œil de mes pratiques, alors que jusqu'ici, j'ai réussi à les cacher même à Mikaël. Plutôt mourir ! Désormais, ce sera le yoga, ou alors le tapis roulant.

Le danger est partout

Ô douce soirée ! Pas vraiment sainte, mais presque. Tiédeur de l'air, lucioles, réjouissances familiales (c'est l'anniversaire d'Aimé-Victor)… Le champagne accompagne à ravir le sorbet de cassis, on flâne dehors, car j'ai fini par acheter un mobilier de jardin présentable avant qu'il n'en reste plus, devançant les soldes de fin de saison. Tant pis. La vie est trop courte pour s'attarder à ce genre de considérations : la fin prématurée de Maximilien m'a beaucoup appris sur l'art de profiter du moment présent et de tout bonheur, quelle qu'en soit la taille, qui passe à portée de la main. Foin des mesquineries ! J'aime mieux avoir raté les soldes qu'une agréable réunion.

Les garçons galopent autour du terrain en poussant des cris de putois, sous l'œil réprobateur de Moumoutte. Peut-être aussi des voisins (délectable revanche sur les ados) mais, dans la pénombre, on ne les voit pas. Moumoutte secoue les oreilles pour en chasser les sons indésirables. Tout à l'heure, elle a mis à contribution tout son savoir-vivre pour se retenir de quêter les reliefs du festin. Le frémissement de son nez donnait la mesure du sacrifice. Nous avons résisté, nous aussi, au plaisir de lui offrir quelques morceaux, pour ne pas gâcher sa bonne éducation.

Mikaël propose aux gamins d'allumer un feu dans le coin de la cour où nous brûlons parfois des branches mortes, au mépris des règlements municipaux. Il n'y a pas d'herbes sèches aux alentours, l'aire de feu est bien circonscrite au centre d'un muret circulaire et aucune étincelle, y aurait-il du vent, n'atteindra jamais les basses branches des érables. Quant au peuplier, je ne vois que la foudre comme menace possible et, ce soir, c'est hors de question. Aimé-Victor et Hugues-Adrien sautent maintenant sur place en battant des mains : « Oh ! oui, un feu, un feu, tonton Mick ! ». Même Elsa-Gwendoline, du haut de sa toute nouvelle adolescence, ne peut s'empêcher de manifester une lueur d'intérêt.

Tonton Mick va chercher les allumettes, rentrées après la mise à feu des six bougies du gâteau. Le coup sent la préméditation, puisque Mikaël apporte aussi des bâtons écorcés et taillés en pointe, un gros sac de guimauves et des saucisses cocktail. « Des saucisses et des guimauves ? Tu es sûr ? Des saucisses APRÈS le gâteau ? ». « Mais Mamie, c'est un anniversaire ! »

Les parents donnent leur consentement et l'orgie commence. La figure encore barbouillée de chocolat, mes petits-fils font des brochettes où alternent une saucisse, une guimauve, une saucisse, etc. La nuit ne sera pas facile, j'en ai peur. En attendant, ils jurent que leur mélange maison est DÉLICIEUX. Si un quelconque adulte avait prétendu le leur faire avaler, il n'aurait pas été au bout de ses peines ! Mais nous sommes en plein été des Indiens, au soir d'un anniversaire réussi, dernière fête familiale avant l'arrivée du froid. Peut-être irons-nous encore aux champignons… s'il ne pleut pas, alors mieux vaut profiter à plein du moment présent, dont nous sommes sûrs.

Tant d'excès ont toutefois raison de l'énergie des petits, même si Hugues-Adrien fait semblant de n'avoir pas du tout sommeil.

Nos invités partis, Mikaël sort en ville. Comme je compte rester encore un peu dehors, il me fait promettre de ne pas oublier d'arroser le feu avant de rentrer. Précaution superflue, puisque celui-ci s'éteint rapidement faute de munitions. Par prudence, je verse quand même un seau d'eau sur les quelques braises qui rougeoient encore. Je déteste cela, car il se dégage du mélange charbon-eau un panache de fumée âcre, dont l'odeur tenace imprègne mes vêtements et me poursuit dans la maison comme si j'avais passé la journée à faire cuire des calmars au fuel.

Toute trace du délit effacée, ayant accompli jusqu'au bout mon devoir de citoyenne, je m'offre quelques instants de lecture dans le solarium avant d'aller me coucher. Soudain, un mouvement insolite, à l'extérieur, attire mon attention. Six hommes de haute taille, casqués, défilent devant les fenêtres. L'un d'eux frappe. Un pompier ! J'ai un instant de panique : je ferais peut-être mieux de ne pas répondre ? On voit tant de malfaiteurs se déguiser en plombiers, en employés du gaz, en agents immobiliers, en ambulanciers, en déménageurs ou en n'importe quoi !

Pourquoi pas des pseudo-pompiers ? Mais non, ce sont des vrais, en grand uniforme.

« C'est chez vous qu'il y a un feu ? »

Chez nous ? Le feu ? Ciel ! Et moi qui ne me doutais de rien ! Où ça, un feu ?

« On nous a appelés pour un feu de jardin. »

Ah ! tiens, « on ». Pas moi, en tout cas. Vous voyez un feu quelque part ? Ils ne le voient pas, mais ils le sentent. Impossible de nier qu'il y a EU un feu. Et ils ne sont pas contents du tout. Éteint, pas éteint, cela ne fait aucune différence. Aucune, madame. C'est dangereux, point. Pour cette fois, il n'y aura pas d'amende, mais qu'on ne m'y reprenne pas ! Je peux avoir un barbecue si je veux (ah ! non, je ne veux pas !). Ça, c'est légal. Ou alors un foyer fermé. Encore un peu et ils vont me montrer leurs modèles les plus vendeurs. Non, non, merci. Ce coin à feu, c'est le symbole du peu de liberté que je croyais avoir, la continuité avec mes racines cro-magnonnes, le credo de mon appartenance à la vie sauvage, le dernier retranchement du non-conformisme. Le banlieusard moyen, incarné par le « on » qui s'est senti menacé par nos trois tisons moribonds, est-il vraiment si pusillanime ou si malveillant ? Mes illusions s'écroulent. Nous sommes mûrs pour le IVe Reich.

Les pompiers ne se doutent pas qu'ils ont devant eux une authentique catastrophe. Je promets tout ce qu'ils veulent, pourvu qu'ils s'en aillent, mais mon côté rebelle cherche déjà comment faire un pied de nez à la répression suburbaine. Je traverse la maison pour vérifier, côté rue, qu'ils sont bien partis. Un à un, ils remontent dans l'énorme camion rouge, qui brille sous les réverbères en plus de clignoter de toutes ses lumières d'urgence. Il ne manquait que la sirène et une meute de journalistes pour couvrir l'arrestation de l'incendiaire.

Au même instant, une maison brûle peut-être vraiment quelque part, avec de vraies victimes à l'intérieur, faute de pompiers disponibles rapidement ; des criminels de la trempe de Sinclair, comme le soulignait le voisin Moumoutte, déversent autant de poison qu'il faut pour obtenir une pelouse verte et fournie ; des pédophiles rôdent autour des écoles ; des bourreaux d'enfants torturent leur progéniture (quoique... la combinaison saucisses-guimauves...). J'ai une pensée, émue cette fois, pour les ados dont ces brutes sont venues en force confisquer les poulets... en oubliant heureusement d'inspecter le cagibi de leur cour.

Comptez sur moi pour l'acheter, votre calendrier porno, au début de l'année prochaine !

La magie des fêtes

À travers la baie vitrée, je regarde tomber les dernières feuilles. Les branches, maintenant décharnées, s'abandonnent à l'ample balancement du vent. Des rafales soudaines les agitent de temps à autre, comme si des noyés aux bras noirs battaient l'air avant de sombrer pour de bon. Les feuilles s'éparpillent en folie rousse et bruissante, poules surprises par un renard invisible. La pluie crépite sur le toit, flagelle les vitres, y colle parfois une feuille morte.

Je fais la grimace en ouvrant la porte, assaillie par le cocktail de grésil, de vent aigre et de feuilles en plein vol. Il faudrait que j'enlève les citrouilles – elles n'ont plus rien à faire devant l'entrée depuis que l'Halloween est passé –, mais ce sera pour une autre fois. Ce matin, je me contenterai de ramasser le courrier et le sac de dépliants publicitaires. L'un n'attend pas l'autre. À peine a-t-on fini d'écouler les stocks de sucreries que déferlent les guirlandes lumineuses, rennes électrifiés, couronnes en faux résineux et autres symboles chrétiens.

Le sac du jour a la mine basse. Dégoulinant, criblé de giclures de terre (on vient de ratisser les plates-bandes), il gît parmi les restes épars de *Smarties* qui ont déteint sur le ciment de l'escalier. Des cernes délavés bleuâtres, rosâtres, jaunâtres ou verdâtres illustrent éloquemment la manière dont le temps dispose de nos entreprises.

Au point où j'en suis, autant procéder tout de suite au tri des cahiers publicitaires – lâche prétexte pour bien traîner en finissant mon café avant de me mettre au travail… De toute façon, offrir à l'œil un peu de couleur franche, même d'un goût discutable, ne peut pas nuire au commencement d'une aussi grise journée. Et qui sait si je n'ai pas besoin de quelque chose sans m'en douter ?

En voilà, un pavé ! *Catalogue saisonnier*, s'annonce-t-il. Il y a de tout là-dedans, madame[4]. Du jouet, du vêtement, de l'électroménager, de l'article de sport, du meuble, de l'accessoire automobile, du flamant rose, du piano droit, du torchon de cuisine, du matériel de pêche, de la scie à chaîne, de la graine de marguerite, de la poussette, du supplément alimentaire, du giga-méga complexe télécinévidéocédésono maison (y compris l'autel en mélamine pour y déposer l'idole). Chez Cébo-Cégros, on vous en donne PLUS. Pourquoi hésiter ? Vos héritiers paieront la facture quand vous serez mort[5]. Et pourquoi devriez-vous acheter toute cette camelote ? Parce que vous le valez

---

[4] ou monsieur, évidemment. Qu'allez-vous chercher là ?

[5] ou morte, cela va de soi.

bien. Voilà. C'est dit avec tant de conviction qu'il doit s'agir d'un compliment. Faut-il s'en réjouir ? Gardons-nous bien de répondre à une telle question.

Je tourne les pages de la monstruosité. J'ai beau critiquer, c'est fascinant : un vide à ce point rempli donne autant le vertige, sinon plus, qu'un vide vraiment vide.

Un château pour filles ! Rose ! En ce monde uni-sexe et politiquement correct où tout le monde il est beau, gentil et pareil, on fabrique des châteaux spécialement pour filles. Des châteaux forts en plastique rose. De quoi laisser pantois. Celui-ci trône au milieu de la page, entre une licorne (rose) et une poupée en robe de mariée surchargée de rubans et de volants, pour future accro de la collection « Colombine ». Comme on n'a pas fait les choses à moitié, il y a aussi la literie de conte de fées assortie, toute en blanc et rose, avec un déluge de dentelle synthétique et un ciel de lit en mousseline lilas.

Je me demande ce qu'auraient pensé de cette version de leur forteresse les pauvres diables qui s'échinaient sur les remparts de l'original il y a dix ou douze siècles. Travelling sur l'ébranlement des soldats cuirassés, le choc des armures, le fracas des béliers, les échelles qui s'abattent en entraînant les grappes humaines accrochées à leurs barreaux, l'impact des flèches sur les armures et les écus, la poix bouillante, les crânes fendus, le vacarme et la puanteur, les moulinets des épées et des masses d'armes, les chevaux fous, la chair ouverte, les gantelets sanglants, les corps transpercés et piétinés, le feu, le siège, la famine, la peste, les hurlements des blessés, le carnage, les corbeaux qui s'abattent avec, en guise de trame sonore, une sinistre symphonie pour froissements d'ailes et croassements, puis le silence au soir de la bataille, tandis que s'élèvent les dernières fumées, gibets débordant de pendus à l'arrière-plan. Ils n'ont pas lutté en vain, puisque voilà le théâtre de leurs exploits immortalisé dans le plastique rose à côté d'une poupée de rêve.

Les pages suivantes, consacrées aux cadeaux pour garçons, font passer le lecteur de la guimauve la plus sucrée aux cauchemars sanguinaires. Monstres en tous genres, extra-terrestres hideux, momies assassines, horreurs numériques, blessures et putréfaction au réalisme on ne peut plus convaincant, on trouve de tout pour un Noël réussi. Jusqu'à des couvertures en fourrure acrylique semées d'impressions choisies : pierres tombales, loups-garous, vampires, morts-vivants, démons. Des cadavres angoras, il fallait y penser. « J'ai vu dans la crècheeeee, le Petit Jéééésuuuuuus ». Bonne nuit, mon chéri, que les anges te protègent. Contraste intéressant que cette juxtaposition de mièvrerie confite dans les bons sentiments et d'accessoires morbides, véritable vitrine de l'ambivalence de l'espèce. Un extrême appelle l'autre, ce catalogue le démontre sans ménagements superflus.

Mais voilà aussi un superbe ensemble pour karaoké familial, preuve que tout n'est pas perdu et que l'harmonie a quand même de l'avenir. Ce n'est pas tout. Nous avons encore un meuble pour téléviseur, décoré comme un mausolée italien et capable d'occuper tout le mur du fond de votre salon, ainsi qu'un canapé en cuirette molle gonflée à l'hélium, mis en valeur par une plante artificielle aux larges feuilles noires à sa gauche et une lampe à abat-jour en simili-roquet à sa droite. Si vous aviez encore le moindre doute sur la valeur esthétique de l'ensemble, imaginez-le chez vous, avec le cimetière à télé et peut-être un tapis mauve à longs poils : un intérieur très classe.

Quel univers ! On sous-estime beaucoup le pouvoir d'évasion d'un bon catalogue. C'est lui qu'on devrait offrir, plutôt que son contenu ou un voyage à Cuba.

Le temps de fantasmer un peu, la pluie a cessé, un rayon de soleil s'apprête à poindre et un geai bleu s'est posé sur le bord de la fenêtre, où il picore je ne sais quoi. De la couleur naturelle ! Miraculeux ! Pourquoi s'en faire avec les restes de citrouilles, se casser la tête avec le ramassage des feuilles mortes et céder à la nostalgie du temps qui passe ? Plongez dans un catalogue et laissez-vous gagner par « la magie des fêtes ». Le moment venu de refermer la chose, la réalité la plus ingrate vous paraîtra tout à coup saine et rafraîchissante.

Ne me remerciez pas, c'était tout naturel.

Pauvre Romuald

Vous vous trouvez à plaindre ? Attendez que je vous raconte la vie de Romuald.

Pour bien comprendre la situation, il faut remonter aux sources, c'est-à-dire à l'exposition d'aquariums miniatures, avec poissons assortis, qui occupait à un moment donné le mail central du plus gros centre commercial de notre banlieue. Ooooh ! Les jolis aquariums ! Les adorables mini-poissons ! Je me suis extasiée comme tout le monde (c'était nouveau à l'époque). « Et ils ne demandent aucun entretien », assurait la vendeuse.

Toute cette faune frétillait à qui mieux mieux sur fond de cailloutis scintillant rose, jaune, turquoise, dans une eau limpide, entre des algues doucement ondulantes. « Quelques flocons, et encore, pas tous les jours », poursuivait la tentatrice. « Avec ce sachet – lilliputien, le sachet –, vous en avez pour un an ! »

J'imaginais déjà l'aquarium sur la tablette de la cuisine, devant la fenêtre, m'offrant le spectacle d'un ballet aquatique permanent, du plus joli effet, pendant que je récurerais les fonds de casseroles ou tournerais les sauces. Évidemment, je l'ai acheté. Comme il faisait moins vingt dehors, il a fallu que je l'abrite sous mon manteau en attendant l'autobus, tout en essayant de ne pas lâcher mes autres paquets. Je n'avais pas non plus intérêt à trop pencher l'aquarium (vendu plein, avec un couvercle percé d'un trou pour l'apport en oxygène). Enfin, les poissons et moi sommes bien arrivés. Je suppose qu'ils ont été aussi soulagés que moi. J'ai redressé l'algue et les cailloux et admiré mes nouveaux pensionnaires : trois danios rayés et un escargot chargé du nettoyage. Après avoir réclamé une loupe, Mikaël les a baptisés : Roger, Romuald et Roméo pour les poissons, Clovis pour l'escargot (je n'avais pas encore fait la connaissance de Léon).

Lequel était Roger, lequel Roméo et lequel Romuald ? Nous ne le savions pas ; ils nous semblaient parfaitement interchangeables. C'est par la suite que nous avons appris à distinguer leurs personnalités. Roger est devenu l'incarnation du dur à cuire. Un peu surdimensionné, agressif, il chargeait à fond les deux autres, les écartait des flocons alimentaires, s'affirmait comme le caïd. Il n'y avait pas à s'y méprendre. Roméo, à l'inverse, présentait un parfait profil de victime. Clovis, lui, faisait ses choux gras de tous les déchets, vaquant avec une remarquable placidité à ses tâches ménagères, tantôt sur le fond caillouteux, tantôt sur les parois, doublement protégé par sa coquille et par sa fonction.

Au rythme dicté par Roger, persécuteur particulièrement doué, Roméo n'a pas fait de vieilles arêtes… à moins – hypothèse assez improbable – que nous ayons acquis sans le savoir un poisson du troisième âge. Nous l'avons aussitôt remplacé par Roméo II. Puis Roger, malgré ses airs bravaches, a commencé à faiblir. Plus du tout en forme, il luttait pour ne pas couler à pic, battant des nageoires et haletant péniblement. Il a cessé de se jeter sur la nourriture en malmenant tout sur son passage. Un beau matin qu'il semblait s'être volatilisé, nous l'avons retrouvé gisant au fond de l'aquarium, quasi invisible parmi les petits cailloux. Place à Roger II. Romuald, lui, tenait le coup.

Les nouveaux arrivants, plus jeunes, étaient aussi de moitié plus petits. Romuald devenait donc le champion en titre. Lorsque les deux nouveaux ont atteint la taille adulte, il est devenu une fois de plus impossible de les distinguer. Nous avons redistribué noms et rôles de façon aléatoire, le poisson dominant finissant toujours par endosser l'identité de Roger et la tête de turc de service, celle de Roméo.

Depuis l'an dernier, j'ai négligé de remplacer un Roméo (un poste à haut risque, où le taux de survie n'est pas terrible). L'aquarium ne compte donc plus que deux pensionnaires : Roger et Romuald, celui-ci cumulant à lui seul les fonctions de deux souffre-douleur. Lourd mandat.

Lors du décès de l'avant-dernier Romuald, j'ai demandé à l'employée de l'animalerie de choisir une femelle. Je n'ose pas vous décrire le regard qu'elle m'a lancé. Je dois dire à sa défense qu'il n'est déjà pas facile d'attraper, dans un bassin où évoluent des dizaines de poissons dont la taille est de l'ordre du centimètre, tous plus fringants les uns que les autres, zigzaguant à la vitesse de l'éclair, un individu de la variété voulue.

Je supposais qu'en dotant Roger d'une jeune compagne, il serait plus porté à faire le joli cœur qu'à déployer ses ardeurs belliqueuses. Erreur grossière. Au contraire, il a concentré sur le nouveau venu toute la férocité qu'il aurait autrement partagée entre un Romuald et un Roméo. Ou bien nous avons affaire à un énième Romuald et non à une Romualdine, ou bien Roger ignore tout de la galanterie. Il faut le voir pourchasser celui ou celle qu'il persiste à considérer comme un intrus. Il prend son élan et l'attaque de front, le pousse du nez[6], le poursuit, lui coupe la retraite, l'oblige à rester collé au fond ou se glisse sous lui pour l'amener jusqu'à la surface et l'y maintenir, l'accule à la paroi. Selon l'endroit où il se trouve, c'est toujours ailleurs que Roger voudrait le voir. Il le talonne sans répit, l'empêche de s'arrêter où que ce soit. Sa raison de vivre consiste, dirait-on, à conquérir et reconquérir chaque centimètre cube d'eau. Pire, lorsque les flocons de nourriture tombent dans l'aquarium, Roger préfère empêcher Romuald d'y toucher que de manger lui-même. Aussi Clovis II, impérial, prospère-t-il à même les restes tombés au fond. Romuald, lui, s'agite désespérément devant les parois. Il donnerait n'importe quoi pour s'éloigner de son tortionnaire. Hélas, je n'ai pas de place pour un aquarium autre que miniature.

---

[6] Les poissons ont-ils un nez ? La question me hante, je n'en dors plus. La vendeuse de l'animalerie, qui n'a pas pu y répondre, connaît le même sort. J'espère que cela ne vous arrivera pas, mais si cela se produit, je vous conseille de demander à votre tour à quelqu'un. Le mieux, je crois, est d'accepter la formule pour ce qu'elle est : une image.

Alors si vous vous trouvez un peu à l'étroit, ou quelque peu harcelé, sachez qu'un être, quelque part, vous comprend. Il habite un bocal de la Rive-Sud. Vous pouvez écrire, à lui-même ou à son successeur, en toute confidentialité à l'adresse de mon éditeur, qui fera suivre.

Excusez-moi si je ris,
c'est nerveux

Mes parents aussi habitaient la banlieue. C'est dire que je suis l'héritière d'une tradition familiale d'accueil des animaux errants, de soumission plus ou moins réussie aux aléas du climat, d'adaptation aux petites catastrophes, naturelles ou non – le toit qui fuit, l'arbre qui casse, le merle dans la soupe un beau soir d'été parce qu'on a eu l'étourderie de laisser le bol sur la table le temps d'aller répondre au téléphone, une invasion de fourmis, la rencontre fortuite avec la mouffette de service en sortant les poubelles ou avec un petit pirate en culotte courte qui vient de manger vos trois framboises annuelles en venant reprendre son ballon, etc. –, de solidarité à demi rurale avec les voisins, même si on ne connaît pas toujours leur nom, d'un mélange particulier de curiosité villageoise et de quant-à-soi urbain.

Malgré maintes déconvenues, en partie exposées dans ces pages, il n'est pas question chez nous de refuser assistance à une bestiole en détresse. Nous avons rafistolé des ailes, des pattes, remis en circulation plusieurs jeunes écureuils tombés des érables (ou pire, du peuplier), ramassé et pansé des oiseaux assommés contre les vitres du solarium, relocalisé un ou deux ratons laveurs égarés et un canard en fugue, arraché des chatons aventureux aux hautes branches dont ils ne savaient plus comment descendre, rendu à qui les réclamait hérissons, tortues ou couleuvres domestiques, élevé une corneille, une chauve-souris et deux jeunes chouettes. Entre autres. Et organisé des funérailles grandioses au canard fugueur, après une récidive qui l'a conduit sous les roues d'un matamore local.

C'est donc sans surprise que nous avons vu arriver, par un soir humide, un petit matou aussi affolé qu'efflanqué, le poil trempé, l'œil suppliant. Ses miaulements de désespoir nous remuaient les tripes. Nous lui avons ouvert, cela va de soi. Après avoir dévoré les restes du souper, il est allé flairer tous les recoins de la cuisine, puis il a choisi son territoire. Blotti contre le radiateur, il s'est bien léché. Finalement, il a fermé les yeux et ronronné d'aise. Mais nous ne voulions pas l'habituer à passer la nuit dans la cuisine. Nous avons installé dans le sous-sol une boîte garnie d'un morceau de couverture à longs poils, posé une écuelle de lait à proximité et, une fois assurés que le tout lui convenait, nous avons poursuivi nos activités de la soirée. Mikaël se préparait à sortir. Le chat s'est endormi en tétant la couverture.

Vous ai-je dit que je n'aime pas rester seule à la maison les soirs d'hiver ? Je me mets à entendre quantité de bruits plus inquiétants les uns que les autres : craquements, murmures, bruits de pas, comme si la maison était hantée (et qui me prouvera qu'elle ne l'est pas ?) J'ai beau m'efforcer de dormir comme si de rien n'était, tous mes sens restent aux aguets. Aussi, à peine couchée, ai-je perçu des sons inhabituels. Des pas bien marqués, de plus en plus nets. Or Mikaël n'était pas rentré. Quelqu'un s'était donc introduit dans la maison.

J'avais le cœur dans la gorge. Si on l'avait monté sur une locomotive, celle-ci aurait battu à plate couture n'importe quel TGV. J'en avais les oreilles bourdonnantes et les jambes molles. Que faire ? Déranger les voisins à deux heures du matin et, surtout, en pyjama ? Je crois que j'aurais préféré mourir assassinée qu'être vue en pyjama, les cheveux en bataille, l'œil exorbité, par l'un ou l'autre voisin (qui aurait probablement présenté le même aspect négligé, mais je ne m'étais pas arrêtée à ce détail). D'ailleurs, sortir de la chambre n'équivalait-il pas à un suicide ? À quoi pensais-je donc ? Aussi bien me déguiser en cible rouge et blanche avec des bandes phosphorescentes pour une meilleure visibilité dans le noir.

Ma décision s'est prise en une fraction de seconde : appeler la police, dans la mesure où le téléphone n'avait pas été coupé ; sinon, barricader ma porte en y adossant tous les meubles que je pourrais déplacer et tenir le coup en attendant le retour de Mikaël. Mon Dieu, Mikaël ! Pourvu que le bandit ne s'en prenne pas à lui !, me disais-je. Ou qu'à plusieurs ils ne nous encerclent ! À la lueur d'une minuscule lampe à pile que je garde toujours à portée de la main, j'ai composé le 911 d'un doigt tremblant. J'ai exposé la situation à mi-voix, dans une sorte de bêlement que j'avais du mal à reconnaître comme m'appartenant, j'ai donné les coordonnées de la maison et me suis habillée avec ce qui me tombait sous la main. Le résultat devait être édifiant.

Cinq minutes plus tard, des gyrophares balayaient la rue de faisceaux bleu et rouge, des silhouettes se tapissaient dans l'ombre de la haie, une secousse ébranlait la porte côté garage, les pas cessaient. Silence. Angoisse : qu'étais-je censée faire ? Le policier de service au poste m'avait dit de ne pas bouger, mais je ne pouvais m'empêcher d'avoir envie de m'en mêler, maintenant que je n'étais plus seule. Après tout, les agents ne connaissaient pas les lieux. Enfin, de grosses godasses ont grimpé l'escalier, un rai de lumière a éclairé le plancher sous la porte, on a crié : « Police ! Vous pouvez sortir ! »

Je me suis écroulée dans les bras des policiers, presque sans connaissance à force de ravaler ma peur. Mais la curiosité a rapidement pris le dessus : alors ? « On n'a rien trouvé. Vous êtes sûre d'avoir entendu quelqu'un ? » Si j'étais sûre ? On voyait bien qu'ils n'étaient pas à ma place ! Eux semblaient beaucoup moins convaincus.

Ils ont rédigé leur rapport, je l'ai signé. C'était à mon tour de douter : « Vous avez regardé absolument partout ? Il n'y a personne de caché derrière le chauffe-eau, sous la machine à laver ou dans le placard à balais ? » « Évidemment, madame ! ». Je les avais vexés. Mauvaise stratégie, mais c'était plus fort que moi, je ne les croyais qu'à moitié (comme lorsque, dans mon enfance, on me jurait qu'aucun hippopotame ne se dissimulait sous mon lit). Et la porte d'entrée ne fermait plus. Rien pour m'endormir en confiance une fois que les agents seraient partis, laissant derrière eux comme une aura de mutuelle suspicion.

Après avoir rafistolé la porte tant bien que mal, sans pour autant la condamner (quelle tête ferait Mikaël à son retour !), j'ai décidé de remonter et de me barricader dans ma chambre afin de ne prendre aucun risque : le criminel se cachait peut-être encore en bas.

Or, avant même d'avoir posé le pied sur l'escalier, j'ai de nouveau entendu les pas. Je l'aurais parié ! Mon cœur s'est arrêté, cette fois. Fallait-il que cet individu (j'espérais plus que jamais qu'il n'y en ait qu'un) soit sûr de lui pour se déplacer ainsi, me sachant là et la police à peine partie !

J'ai saisi le grand couteau à dépecer et je l'ai emporté avec moi. J'avais affaire à un malfaiteur endurci, qui ne reculerait devant rien. Moi non plus, je ne ferais pas de quartier. Avais-je le choix ? Je ne pouvais m'empêcher d'imaginer la sensation qu'on doit éprouver en enfonçant une lame de cette taille dans un corps humain. Erk ! Qu'est-ce que je ferais si je heurtais un os ? Peu importe, je vendrais chèrement ma peau et, si j'en réchappais, je me déferais de la maison. Je me jurais bien de ne pas rester un hiver de plus dans cette dangereuse baraque, fût-elle le legs de Maximilien.

Et s'il s'agissait de Maximilien lui-même ? « Est-ce toi, chéri ? Réponds sans crainte, envoie-moi un signe, je n'aurai plus peur. Les soupirants, c'était une erreur, pardonne-moi, je te jure qu'il n'y en aura pas d'autre ».

Avant que j'aie eu le temps de concrétiser mes plans ou d'en arriver à une vraie discussion avec Maximilien, un nouveau pas s'est fait entendre : celui de Mikaël. J'en aurais pleuré de soulagement.

La question : « Mais qu'est-ce que c'est que ce cirque ? » a déclenché un flot d'explications auxquelles Mikaël n'a pas dû comprendre grand-chose. Mais comme il sait que je n'ai rien d'une visionnaire exaltée, style Thérèse d'Avila de la Criminelle, il a préféré descendre explorer tous les recoins du sous-sol pour en avoir le cœur net. J'ai insisté pour qu'il prenne le grand couteau à viande. Je me suis même enhardie jusqu'à le suivre, un autre couteau et une poêle en fonte à la main.

Lorsque la lumière s'est allumée, le jeune réfugié (nous l'avions complètement oublié) a levé des yeux apeurés puis, constatant que nous ne le menacions pas, a continué ce qu'il faisait avec constance depuis le début de la soirée : il tentait de récupérer un os volé à la cuisine et perdu au fond d'un des gros bottillons que Mikaël ne portait plus depuis des années. En enfonçant son museau dans la chaussure, le chat la poussait devant lui. La semelle raclait le plancher raboteux du sous-sol, imitant à s'y méprendre des bruits de pas. Mikaël en a pleuré de rire.

J'avais l'air brillant… Encore heureux que je ne sois pas allée sonner chez les voisins ! À imaginer la scène, les questions qui n'auraient pas manqué et l'histoire écrite au fer rouge dans les annales de la rue pour les siècles des siècles, je me suis écroulée à mon tour, secouée par le fou rire. Ah ! Nous étions beaux à voir, hurlant comme des hyènes au clair de lune et nous essuyant les yeux à tour de rôle ! Je n'ai retrouvé mes esprits qu'après avoir fait jurer à Mikaël de ne pas raconter cette histoire avant ma mort.

La magie des fêtes, prise 2

Roger III ne va pas bien du tout. Il nage comme un poisson ivre, glisse vers le fond, remonte de travers, flotte la tête en bas ou couché sur le flanc, peine à viser la nourriture. Bref, le corps ne répond plus. « Tu vas voir, dit Mikaël, il est encore combatif, il va se remettre. » Mais ces signes ne trompent pas, c'est la fin.

Roger a dû prendre froid lorsque nous avons eu cette panne de chauffage, la semaine dernière. Jusqu'ici, l'hiver n'est pas méchant (c'est vrai que, selon le calendrier, il n'est pas commencé), alors nous n'en avons pas beaucoup souffert. Il en va sans doute autrement pour un poisson tropical. Je le regretterai, bien qu'il s'agisse d'un sale type. Il avait du caractère et du panache, ce qui mérite tout de même un coup de chapeau. Pour cette raison, et en dépit des objections de Mikaël, je vais le laisser finir ses jours sans l'euthanasier, en combat loyal avec la mort. C'est Christine qui va être contente de l'apprendre, elle qui ne tuerait même pas une araignée.

Nous sommes dans ce vilain entre-deux qui sépare l'Halloween de Noël, la période dégoulinante où se succèdent pluie, neige, verglas, repluie, à peine remis du déferlement de hordes d'enfants venues, dirait-on, des quatre coins de l'univers, par voiturées complètes malgré le froid et la pluie. Mes provisions, prévues pour deux cents enfants, n'ont pas suffi. Elles avaient pourtant coûté une petite fortune. On ne peut plus donner de pommes (pouvant contenir des lames de rasoir) ni de cacahuètes (pouvant contenir des traces de noix). Pas davantage se contenter de glisser trois ou quatre bonbons dans chaque sac tendu : il faut voir l'air scandalisé des gamins. Quoi ? Seulement ça ?

Chaque année les sacs grandissent, ainsi que les porteurs de sacs. Les « merci », eux, se font plus rares (la proportion évangélique d'un sur dix, vieille de deux mille ans, demeure valable). Les enfants semblent, pour la plupart, s'acquitter d'une corvée. Ils jouent des coudes pour écarter la concurrence, tendent sans un mot leur sac béant, repartent en courant. Beau sujet de thèse possible sur la productivité dans le loisir car, à n'en pas douter, on les a conditionnés par une gestion serrée de leur agenda. Ils ont appris à rentabiliser chaque minute (mais pas à s'amuser). Les techniques et la clientèle évoluent aussi. Y a-t-il tant d'enfants que cela ? N'ai-je pas cru reconnaître les mêmes frimousses à plus d'une reprise dans la soirée ? Tant de hâte s'expliquerait alors par la possibilité (donc la nécessité) de passer deux fois à la même adresse, récoltant ainsi un maximum. De plus en plus d'ados, de plus en plus grands, se succèdent. Il y a même eu quelques adultes passant seuls aux portes. Mikaël et moi n'en revenions pas. Du jamais vu jusque-là !

Côtoyant les décors sur le thème des sorcières, toiles d'araignées, squelettes, pierres tombales, spectres et autres chauves-souris, ceux de Noël apparaissent peu à peu, un gros mois d'avance. Scènes parfois surréalistes issues de cette étrange coexistence !

L'esprit de surenchère s'empare du banlieusard. C'est à qui mettra en place l'installation la plus précoce ou la plus tape-à-l'œil (l'un va souvent avec l'autre, hélas). Selon les rues, la retenue l'emporte ou, au contraire, les amoncellements pathétiques prédominent : rennes et traîneaux, bougies géantes, Pères Noël et Fées des Étoiles gonflables, débauche d'ampoules électriques de toutes les couleurs – qui pour le moment se reflètent dans la boue, rubans rouges transformant les colonnes des balcons en faux sucres d'orge, maxigrelots et même, comble du mauvais goût, mélodies sirupeuses et cantiques diffusés en boucle à l'extérieur – la plupart interprétés par des crooners sur le retour. C'est la pollution de Noël, qui culminera sous peu avec le répertoire musical des centres commerciaux et les arrivées de Pères Noël en hélicoptère. Saturation garantie dès le début de décembre, avec manifestations allergiques à partir de la mi-novembre.

Les vendeurs à domicile se déchaînent aussi. C'est incroyable, les fantasmes que l'on peut concevoir autour du thème « offrez à vos proches » ou « le véritable Père Noël, c'est nous » ! Pas un jour ne passe sans une litanie de sollicitations, tant au téléphone qu'à la porte. Changez de fournisseur de mazout (ben voyons !), car celui-ci fait un cadeau à ses nouveaux clients. Équipez votre maison d'un système d'alarme : les voleurs aussi aiment les fêtes, les vacances et les cadeaux, sans compter les assassins cachés dans le noir, prêts à vous sauter dessus, foi de statistiques. Essayez gratuitement nos nouveaux matelas (déjà essayés par combien d'inconnus ?). Recevez un superbe appareil photo d'une valeur de quatre dollars en échange de votre attention admirative pour notre représentant lorsqu'il viendra passer deux heures, davantage s'il le faut, à vous convaincre que vous avez besoin de notre aspirateur. J'apprécie beaucoup cette estimation de la valeur de mon temps.

Une dame tout à fait charmante a téléphoné avant-hier pour vanter des produits de beauté. « Trop tard, a répondu Mikaël, le mal est fait ». Mais elle a rappelé hier soir, demandant cette fois la dame de la maison. « Ça va bien ? » Je n'ai pas pu supporter sa voix guillerette. « Non, justement. Ah ! Ma pauvre dame ! Je vous explique : le matin, j'ai la langue toute barbouillée et ça me fait un peu mal à la hauteur du foie. Je tousse, aussi. Je ne sais pas ce que j'ai. Ça ne vous ennuie pas que je vous en parle, au moins ? C'est que je n'ai personne avec qui partager mon vécu et vous demandez de mes nouvelles si gentiment… Ça fait du bien de se confier. Ce soir, vous voyez, je me sens patraque, ça m'inquiète. Qu'est-ce que vous feriez, à ma place ? » « Alors, je peux peut-être vous rappeler demain ? » « Oui, oui, cela devrait aller mieux. De toute façon, je vous tiendrai au courant. » Sûre de m'en être débarrassée à tout jamais, je ne l'ai pas reconnue lorsqu'elle a rappelé, tout à l'heure. « Votre foie va mieux ? » « Mon foie ??? Heu… » Mikaël m'adresse des signaux en langage de sourd-muet. « Ah ! oui, mon foie ! Où avais-je la tête ? En fait, ça s'est plutôt aggravé, mais je vais vous passer mon fils, il s'intéresse aux soins de la peau. » J'ai refilé le combiné à Mikaël, horrifié par ma traîtrise, et me suis éclipsée. Mais je ne suis pas quitte.

À peine ai-je échappé aux crèmes rajeunissantes du Dr Florent qu'on sonne à l'entrée principale (celle qu'utilisent les gens qui ne connaissent pas la maison). Comme Mikaël a une vacherie à me rendre, il ouvre grande la porte à l'indésirable en criant le plus fort possible « M'man ! ».

Le monsieur vend de la nourriture pour animaux. Merveilleux. Grâce à lui, plus besoin de se déplacer, de traîner avec soi gros sacs et grosses boîtes. Et quelle économie ! Rendez-vous compte : pour le même prix que les marques ordinaires (accent péjoratif étudié sur « ordinaires »), on dispose d'un produit haut de gamme, testé, certifié, exceptionnel. Le monsieur a un plein album démontrant, d'un côté, les méfaits des marques « ordinaires » (pelage terne, œil éteint, pose apathique, etc.), et de l'autre, les résultats de la cure de *Zoomiam* : croissance, vitalité, chiens et chats médaillés posant fièrement pour leur jury bidon. « Désolée, monsieur, il n'y a pas d'animaux ici. Pas de chien, pas de chat, pas de singe, pas de perruche, pas de lapin, pas de hamster… » « Tu oublies les poissons », remarque Mikaël, doucereux.

Les poissons ! Une pincée par an, et encore, avec

Roger moribond, il n'y a pas beaucoup d'avenir chez nous pour la société *Zoomiam*. « Moribond ! Vous voyez ! ». Le monsieur saisit à pleines mains la perche étourdiment tendue, mais déchante à la vue de l'aquarium. Ah ! non, pour ce type de poissons, il n'a pas. « Dans le gros, dix grammes, vous comprenez… »

Oh ! oui, je comprends.

Au moment où je m'apprête à fermer la porte sur les talons du représentant *Zoomiam*, Moumoutte se faufile entre ses jambes et s'aventure jusque dans le couloir, en quête de sa caresse. L'occasion d'entrer ne se présente pas tous les jours, car il est rare que nous laissions cette porte ouverte. Elle en profite. Au lieu de mettre la chatte dehors comme nous le faisons chaque fois qu'elle réussit à s'introduire dans la maison, en la caressant d'une main et en lui montrant la sortie de l'autre, avec une légère poussée dans le derrière, tout en la traitant affectueusement de sale bête, Mikaël l'attire à l'intérieur : « Te voilà, Moumoutte ! Ma belle Moumoutte à moi ! »

Ah ! le traître ! Mais je ne l'ai pas volé.

Des héros méconnus

Le 450 a ses héros. On n'en fait guère de cas, mais au Moyen Âge, les trouvères auraient chanté les prouesses de ces êtres d'exception aujourd'hui condamnés à l'anonymat. Non, je ne parle pas des pompiers. Laissez-moi composer pour vous, à titre d'exemple (il y en aurait bien d'autres), le lai de l'Acheteuse Modèle. Si vous le permettez, je m'en tiendrai toutefois à la prose.

Dans une contrée de la Rive-Sud donnant sur le majestueux fleuve Saint-Laurent, il y avait une si belle et sage maîtresse de maison que, de toute la région métropolitaine, nulle ne la put jamais égaler.

De bon matin, elle se parait de fort jolie façon, sans l'aide d'aucune servante, et planifiait sa journée. Elle avait depuis longtemps coupé sa longue chevelure et se vêtait avec modestie, mais son bon goût et sa grâce naturelle auraient rendu jalouses nombre de femmes plus fortunées. Elle-même, de très honorable lignage, avait vécu autrefois dans l'aisance, mais son mari eut la mauvaise idée de mourir trop tôt, de sorte qu'il ne put mettre en ordre ses affaires auparavant. Afin de ménager ce qu'il lui restait de biens, elle examinait avec soin les circulaires avant de partir au marché, achetant la salade à Boucherville (cinquante-neuf sous pour une belle pomme de laitue), les fruits à Greenfield Park, la viande à Saint-Hubert, etc. Elle n'avait pas sa pareille pour dénicher chaque fois le produit le moins cher. À la fin de la matinée, elle revenait fourbue mais chargée de butin.

Un jour, sa monture s'effondra et elle dut la laisser chez un garagiste. Elle en fut bien malheureuse, car elle devait, ce jour-là et les jours suivants, se rendre dans plusieurs grandes surfaces – Home Depot, Réno-Dépôt, Wal Mart, Canadian Tire, Ikéa, Costco et Rona l'Entrepôt –, les unes sur le boulevard Taschereau, les autres disséminées entre Boucherville et La Prairie. N'écoutant que son courage, elle se munit de billets d'autobus, trouva les horaires sur Internet et poursuivit sa tournée d'emplettes, espérant croiser sur place quelque voisin compatissant qui la ramènerait avec ses achats. À défaut, elle utiliserait le service de livraison plutôt que de renoncer à sa mission, car elle n'était point femme à laisser inachevé ce qu'elle avait entrepris.

C'étaient jours de grand froid et il n'y avait d'autobus que toutes les demi-heures. La dame, qui n'avait rencontré nulle connaissance, souffrit beaucoup de ces attentes. Il arriva même que l'autobus annoncé oubliât de passer. Un abri de fortune ne la protégeait qu'à peine des rafales de pluie verglaçante et des bourrasques de vent. Elle vit une voiture brûler tous les feux rouges : un livreur de poulet craignant sans doute de voir refroidir sa marchandise. Puis un chevalier inconnu ralentit, vint jusqu'à elle en marche arrière et lui proposa de partager sa monture, mais comme elle était d'honnêtes manières, elle ne put accepter son offre, malgré le grand désir qu'elle en avait. Elle s'apprêtait à retourner au magasin pour y mander un taxi lorsque enfin le véhicule se présenta à l'arrêt. Le chauffeur fut bien surpris lorsque la dame se plaignit à lui du service. « À cette heure-ci, il y a si peu de monde, expliqua-t-il, qu'il ne vaut pas la peine de respecter l'horaire à tout prix. » « Mais, objecta notre héroïne, les voyageurs qu'il y a ne sont-ils pas en droit de s'attendre à ce que l'autobus passe, si la chose est prévue ? » Le chauffeur en resta muet, n'ayant jamais envisagé la situation sous cet angle.

Malgré tout, la dame parvint chez elle saine et sauve, ayant trouvé la lampe et le carré de tapis qu'il lui fallait pour joliment orner son logis à l'approche de Noël. Les frais de livraison rendaient bien sûr très coûteuses les économies réalisées grâce à tous ces déplacements, mais je vous ai raconté ce lai pour que les hauts faits de la dame ne tombent pas dans l'oubli, pour montrer la bravoure qui existe dans des circonstances où l'on n'est point porté à la remarquer et pour rendre hommage, par conséquent, aux actes héroïques qui sans de tels récits resteraient ignorés.

Sus à l'ennemi

J'avais rendez-vous chez le dentiste. Une précaution, à la veille du long congé des fêtes, qui n'est pas le meilleur moment pour souffrir d'une vieille carie. Comme le centre commercial se trouve à deux minutes à pied du cabinet du dentiste, j'y fais un saut pour acheter la dinde et quelques provisions de dernière minute.

Dans la perspective de repartir à pied chargée comme dix mulets ou de devoir investir dans le taxi, je me limite finalement à la dinde. L'exercice se suffira à lui-même, car l'oiseau, d'un poids respectable, va m'obliger à le porter en alternance de la main gauche et de la main droite. Pesant et tout sauf flexible (il n'y avait plus que des gros dindons surgelés), il me cogne la jambe à chaque pas. Très désagréable.

L'heure de fermeture approche. Quelques airs de circonstance s'égrènent encore dans le stationnement presque désert. Il n'y a pas de neige, ça ne fait pas Noël du tout. Au contraire, la gaieté forcée des grelots en boîte a quelque chose de lugubre. C'est pire encore au-delà du périmètre lumineux des réverbères. Les rues sombres, balayées par le vent glacé, me font peur tout à coup. Quitte à me répéter, je précise que je ne suis pas brave, et l'épisode de l'alerte au chat n'a pas arrangé mon cas.

Le frisson qui me parcourt l'échine n'est pas dû qu'au froid ! Un instinct de survie que je ne me connaissais pas me pousse à tester la solidité des poignées du sac en plastique dans lequel je transporte la dinde. Dieu merci, l'emballeur ne l'a pas seulement doublé, mais triplé, vu son poids. S'il le faut, je ferai tournoyer le tout pour asséner un coup bien senti de dinde congelée à un assaillant éventuel. Avec un bon élan, l'arme me paraît crédible. Cela me rassure un peu. Qu'ils y viennent, les petits loubards surgissant des entrées !

Oui, mais s'il s'agit d'un Jack l'Éventreur ? Il y a aussi les gens d'apparence honnête et qui n'en sont que plus dangereux, comme Bertrand. Le vendeur de systèmes d'alarme a bien insisté sur les risques que court une femme seule, chez elle ou à l'extérieur. Je presse le pas. Les guirlandes de lumières destinées à transformer la neige en une féerie multicolore soulignent au contraire la nudité des branches, d'où perlent des gouttes noires. Le décor rêvé pour un meurtre sordide et gratuit. Je crois déjà voir les manchettes du *Bulletin Méridional* : « Carnage rue Bord-de-l'Eau », « Crime atroce dans un quartier sans histoire », « Sauvage agression près du centre commercial », « Le boucher de la Rive-Sud toujours au large ! ». Photos d'une silhouette tracée à la craie (moi) sur le trottoir, de barricades en ruban de plastique jaune, d'un témoin de « la macabre découverte », etc.

Il faut pourtant que je rentre. J'assure la dinde et j'accélère. Il est tard pour une marche en banlieue. D'ordinaire, ceux qui font des achats jusqu'à la fermeture des magasins rentrent chez eux en voiture. Alors qu'est-ce que je fais, moi, une volaille à la main et le sac à l'épaule (facile à saisir pour quiconque me surprendrait par derrière), dans ces rues sinistres ? Le martèlement de mes bottes ébranle le silence, éveille de menaçants échos. Sous l'éclairage extérieur noyé de brume, les maisons semblent autant de morts-vivants, aux orbites creuses, qui guettent une proie. Il se trouve que je n'aime ni les films d'horreur ni le rôle de proie.

Au coin de notre rue, une école abandonnée depuis l'été allonge sa façade aveugle. Il a été question d'en faire une école pour adultes raccrocheurs, puisqu'il n'y avait pas assez d'enfants (d'où sortent-ils donc, à l'Halloween ?) pour lui conserver sa vocation première. La chose a soulevé tant de passion que la décision a été reportée à l'été prochain. Pétitions, discours hystériques, visions d'apocalypse, rien n'a été épargné aux concepteurs du projet. Une école de raccrocheurs (qu'on suppose des quasi-délinquants ou, au moins, des débiles) dans ce quartier si calme, presque chic ! Cela ferait chuter le prix des propriétés, cela gênerait le repos des pensionnaires des *Cèdres*, cela rendrait la circulation dangereuse, d'infâmes bagnoles stationneraient jusque devant les résidences, bloquant les entrées (avec ces gens-là, il faut s'attendre à tout), et qui nos petits enfants ne risqueraient-ils pas de côtoyer ? Les vieux pensionnaires des *Cèdres* ont donc pour voisinage une école vide à l'aspect terriblement louche les soirs de pleine lune et plus encore les soirs de brouillard. J'aimerais bien, moi, une école de raccrocheurs, synonyme de diversité et d'animation aux heures où il est convenable qu'il y en ait. Et puis, si l'on doit voir apparaître d'infâmes bagnoles, je me sentirai moins marginale sur mon vélo bas de gamme.

En attendant, me voici arrivée, les doigts sciés par les poignées des sacs, presque aussi congelée que la dinde, mais saine et sauve. Brave bête, quand même. Qui aurait dit que je me promènerais un jour en compagnie d'une dinde de garde ?

Exulte, Crassula

L e printemps !

Crassula resplendit, bien droit dans le pot en cuivre posé sur la table du solarium. Beaucoup de lumière directe, recommande l'étiquette cachée sous ses feuilles. Les vitres ont beau accuser la poussière de tout un hiver, la lumière inonde effectivement la pièce, les arbres dénudés ne lui faisant pas encore obstacle. Et Crassula se gorge des particules nourricières. Il s'y vautre, s'étale, gonfle, étire des tiges bien en chair et en sève, avec des poses impudiques de sultan ventru abandonné aux mains des courtisanes. Le vert provocant des feuilles saute aux yeux dès qu'on entre dans le solarium. On ne voit que lui. Mikaël n'hésite pas à qualifier la plante d'obscène. Il la compare à un chien qui s'excite sur les mollets des visiteurs.

Je trouve qu'il exagère et je n'aime pas ces allusions canines, car nous avons bel et bien eu un tel chien, dont les démonstrations nous gênaient horriblement. Par-dessus le marché, Crassula représente le dernier cadeau de mon ex-soupirant et je préférerais ne pas mêler à cette espèce de testament sentimental le souvenir des débordements de Gonzague, dit, malgré son âge, Vieux Gonze. Mais que les évocations associées à son évident bien-être nous plaisent ou non, Crassula s'éclate sans retenue dans le soleil printanier (se doute-t-il que d'ici quelques semaines, il devra se contorsionner pour en atteindre les rayons, et encore, à temps partiel ?).

Il n'est pas le seul à ressentir cette ivresse. La rue verdit. La banlieue tout entière explose littéralement. La sève monte jusque dans le gazon Moumoutte – ce qui ne relève pas d'un dynamisme ordinaire –, jusque dans les moteurs, les radios et les transports en commun. Tout ce qui roule, vrombit, rampe, vole ou grimpe reprend du service. Les branches de la haie bruissent d'intenses copulations. Chaque brindille, chaque bourgeon cache des couples affairés. Pris de frénésie, les oiseaux, qui volent en tous sens, nidifient en piaillant, non sans tacher de leurs fientes la lessive enfin étendue dehors. Les écureuils déboulent des érables, multiplient galipettes, courses et cabrioles, se font la cour en trottant sur le fil des clôtures ; bientôt, des nichées entières d'apprentis écureuils se mettront à leur école. Les ados ont ressorti patins et planches à roulettes. Des vitres baissées des voitures s'échappent des basses à disloquer les carrosseries (qui, curieusement, tiennent le coup), tandis que les nymphettes du secteur exposent aux courants d'air, un brin trop tôt, leurs pâles décolletés. S'il n'y en avait tant d'autres, ce serait là LE signe indubitable de l'arrivée du printemps.

Je laisse vagabonder mon imagination, prêtant la parole aux bestioles muettes qui auraient bien le droit de s'exprimer, elles aussi. Monsieur Araignée, par exemple, en superforme au sortir des jours froids, crée une ambiance romantique (étoiles tamisées, orchestre de grillons et grenouilles, tonnelle de feuilles, champagne, regards charmeurs) avant de déclarer sa flamme à l'élue : vos yeux sont magnifiques, je me sens si seul, on vous a déjà dit que vous aviez une personnalité ensorcelante ? Aucune autre n'a compté pour moi jusqu'ici. Madame minaude en rougissant. Chaque créature, fût-elle la plus microscopique, s'asperge de parfum, lustre cuir, écailles, poils ou plumes, déploie ses charmes, fait les yeux doux, se lisse le sourcil ou l'antenne, joue du biceps. Quant aux oiseaux, ils essaient de nouveaux trilles. Les chiens hurlent à la lune, tirent sur leurs laisses, traversent les rues en biais à la recherche de l'âme sœur. Les matous emplissent la nuit de leurs plus rauques vocalises. Peine perdue en ce qui concerne Moumoutte, qui a eu droit, dans sa jeunesse, à une ménopause chirurgicale.

Pourtant, la symphonie pastorale fait des morts. Madame Araignée passe Monsieur à la casserole. Les pics perforent à qui mieux mieux tout ce qui leur tombe sous le bec, arbres, persiennes ou autre surface disponible. Les geais plongent en piqué sur les œufs prêts à éclore, les défoncent, les éjectent des nids. Des colonnes de grosses fourmis noires, tambour major en tête, antennes déployées, convergent vers les boutons floraux qu'elles s'apprêtent à dévorer en rangs par quatre, méthodiques comme des armées nazies. Côté humains, que la mémé esseulée ne traîne surtout pas dans les intersections : le conducteur impatient n'en fera qu'une bouchée. Il faut voir quels regards je récolte lorsque je pars à l'épicerie à bicyclette ! La pulsion de meurtre inscrite en lettres de feu au centre de la prunelle, le « Gino » de passage m'écrase de son dédain, faute de pouvoir m'écraser de ses roues. Je le brime, je le frustre, je lui fais de l'ombre, je le défrise. Pour comble, j'utilise toujours le vieux vélo dont la chaîne rouillée fait *clan-clang-clan-clan-clang* à chaque coup de pédale. Un vélo puant le sous-prolétariat, que je suis sûre de ne pas me faire voler (l'autre, c'est pour les promenades). ÇA, lui bloquer le chemin !

Sinclair et Fanny ont migré vers d'autres cieux et, non, la maison n'a pas été rachetée par le promoteur d'un énième château pour chevelures argentées. Deux petits monstres en tricycle, identiques, jaillissent de l'entrée en vociférant. Probablement les auteurs des gribouillages à la craie bleue et jaune qui tapissent le trottoir sur toute la longueur du bloc. Il sera intéressant d'observer le comportement des parents, lorsque l'occasion se présentera. Moumoutte se fait invisible, surveillant à coup sûr les mouvements du nouvel ennemi (elle aura plus de fil à retordre avec celui-là !) pour mettre à jour sa stratégie. À elle, des petits vieux auraient parfaitement convenu.

Ces signes du temps me parviennent de façon discontinue, à l'occasion des départs au travail et des retours, comme autant de morceaux choisis du bonheur suburbain. Paf ! Un éclat de printemps dans l'œil ! Toc ! Un fragment d'avril dans l'odorat ! Vroom !

Un rugissement de moteur plein de testostérone au tournant. Vrrrrrrooooonnnn… les vibrations des basses vont faire tomber la photo de Grand-Mère accrochée au-dessus du téléphone (je sais, ça fait quétaine, mais c'est symbolique).

En fin d'après-midi, les mâles se défient à la course, rivalisent de décibels et de gomme laissée sur l'asphalte au démarrage. J'apprécie enfin le côté minet de Mikaël, qui m'épargne ces vulgarités.

L'air plus léger, presque pétillant, du matin offre ses premières tiédeurs. Les lilas au bord de la floraison, des couleurs plus vives, des pépiements animés incarnent la promesse de l'été. Pour la première fois de la saison, je remets en circulation une mouche qui a trouvé le moyen de se réveiller entre deux vitres. Autre signe indiscutable de la fin de l'hiver. Étant donné que je traite moins bien les araignées en rupture d'hibernation, Mikaël m'accuse d'insectisme, mais je fais fi de ses arguments. Il ne faut pas me demander l'impossible.

De façon plus prosaïque, le moment est venu de faire le ménage dans les cabanes à oiseaux en les vidant des vieux nids, de balayer les gravillons répandus dans l'entrée, de ramasser les morceaux de plexiglas arrachés par les coups de pelle aux auvents du sous-sol, d'enlever du terrain les restes de feuilles mortes agglutinées, encore pissantes de vieille neige fondue, et les branchages secs éparpillés sur le gazon. La pouponnière à moustiques est pleine à ras bord, comme on le constate chaque année sans rien faire de spécial pour y remédier. Le temps de dire ouf ! et des nuées d'insectes adultes avides de sang chaud nous cribleront de leurs piqûres.

Partout, on rempote, on racle, on sarcle, on sème, on ébranche, on lave, on redessine les perrons.

Dans la maison d'en face, un couple gai a succédé à la doyenne de la rue, partie finir ses jours dans un quelconque mour… manoir. Ces messieurs ont remplacé l'escalier en ciment par des marches en bois verni, construit un patio en pavés imbriqués, planté un if, installé une rangée de pots de géraniums le long de l'allée (repavée pour s'harmoniser avec le patio) qui mène du trottoir à leur perron. Samedi, on leur a livré de grands pétales de métal laqué rouge assemblés en forme de fleur, assemblage qui pourrait être une table de jardin ou un parasol. L'objet n'est pas du meilleur goût, mais ils ont eu la décence de l'installer derrière la maison. Même en vue aérienne depuis la fenêtre du premier, on ne l'aperçoit pas de chez nous. Et ce n'est pas faute de regarder. De nouveaux voisins, y a-t-il quelque chose qui suscite davantage la curiosité, dans un environnement comme le nôtre ? Eux aussi ont un chien. Un chien qui ne sort pas (Moumoutte n'aura donc pas à renforcer ses défenses, si l'animal maintient d'aussi bonnes dispositions) mais qui monte la garde toute la journée derrière la fenêtre du salon, à côté de l'ordinateur. Je sais qu'il s'agit du salon, un, parce que la grande fenêtre du rez-de-chaussée correspond toujours au salon et deux, surtout, parce que le couple n'a installé aucun rideau ; le soir venu et les lampes allumées, j'ai une vue panoramique sur l'aménagement intérieur des pièces donnant sur la rue.

Qui dit printemps ne dit pas seulement travaux de jardinage, mais aussi reprise des travaux de voirie. De multiples machines ont commencé à défoncer le tronçon de rue qui a été refait l'année dernière. Cette fois, il s'agit de remplacer les tuyaux d'adduction d'eau. Je soupçonne la Ville d'avoir caché une partie de la vérité aux riverains, car la quantité de tuyaux de toutes tailles et couleurs empilés sur les trottoirs suggère une entreprise de bien plus considérable envergure. Gaz ? Égouts ? Ni téléphone ni électricité, puisqu'on ne touche pas aux poteaux. Quoi, alors ? Ça fait jaser, mais surtout, ça fait du bruit, sans compter les autres inconvénients : énormes tas de gravats et de cailloux concassés pour le futur remblayage et circulation détournée. De l'aurore à la fin de la soirée, d'incessants voyages de camions pleins de terre, de cailloux ou de tuyaux, des allées et venues de bétonnières, de marteaux pneumatiques, d'excavatrices, composent une chorégraphie aussi sonore que complexe. De loin, on croirait entendre l'écho des duels à mort de dinosaures en rut.

Impossible d'emprunter le charmant itinéraire habituel, sous sa double haie d'érables d'un âge respectable, métamorphosé qu'il est en paysage de guerre de tranchées. À pied ou à bicyclette, on pourrait à la rigueur s'y frayer un chemin, mais ce ne sont que rues barrées, trous béants, monticules instables. Heureusement, les travaux d'excavation n'ont pas encore atteint notre voisinage. L'autre partie de la rue conserve son côté bucolique, lorsque les engins de guerre ne circulent pas. Maisons victoriennes, jardins fleuris, portails ouvragés, semblent sortis d'un rêve romantique, en comparaison avec le segment éventré. C'est aussi là que les mâles humains, au trop-plein d'hormones directement relié à l'accélérateur, s'en donnent à cœur joie dans leurs bagnoles rugissantes.

Le voisin au fuel s'active sur sa terrasse. Sa hâte de se remettre au barbecue a quelque chose de poignant. À l'instar de trois ou quatre autres voisins plus éloignés, il a commencé à faire ses gammes durant le week-end, tisonnant sous la pluie dans une vapeur épaisse et malodorante pour renoncer, en fin de compte, à son projet. Je suis sûre qu'il a en tête quantité de nouvelles compositions, qu'il lui tarde de créer. Le premier rayon de soleil un peu sérieux amènera sur le podium sa collection de printemps ou, si l'on préfère conserver l'analogie musicale, ce rayon de soleil marquera le début de la saison des concerts olfactifs et gustatifs de ce créateur-né. Symphonie pour calmars (c'est sa mascotte) et aubergines, concerto en langoustine mineure, rhapsodie de brochettes de porc au miel, fantaisie de hareng de la Baltique aux herbes de Provence… nous irons de découverte en découverte.

Moumoutte, par l'odeur alléchée et plus ouverte que moi aux mélanges audacieux et aux mets inusités, rôde souvent non loin de la terrasse du compositeur. Je l'aperçois, le soir tombé, raser les murs en ondulant de la croupe. Pourvu qu'il ne prenne pas envie au maestro d'expérimenter un sauté de Moumoutte aux framboises et aux trois poivres… Pourvu que le couple gai, stimulé par l'exemple, n'entreprenne pas de rivaliser avec M. Fuel…

Le printemps est une saison pleine de risques dans le 450. Parce que nous ne clamons pas sur tous les toits les dangers surmontés chaque année, les gens du centre-ville s'imaginent qu'il ne s'y passe rien. Ils se gargarisent comme d'un exploit de leur quarante-troisième meurtre. Venez-y donc et voyez par vous-mêmes ! Mais Crassula est si heureux...

Le book émissaire

Dans la famille, on se passe l'exemplaire de *Da Vinci Code* que ma belle-sœur Rachel a réussi à obtenir à sa bibliothèque. Collectivement, nous avons six semaines avant que, tout le monde ayant autant que possible passé au travers du substantiel volume, Rachel le rende. L'ordre de lecture, déterminé par la distance du domicile de Rachel, fait de Mikaël et moi les derniers sur la liste. Chaque maisonnée a droit à dix jours. Dieu merci, nous ne sommes que deux à bord de celle-ci.

Pour prendre de l'avance, Mikaël en lit des passages lorsque je suis absente, lorsqu'il veille plus tard que moi, en se brossant les dents ou pendant que je vaque à d'autres occupations. Mais c'est un livre qu'on ne lâche pas facilement, aussi le cher enfant enrage-t-il lorsque, le moment venu, je le lui arrache le plus légitimement du monde. Il a hâte de l'avoir tout à lui, prie le ciel afin qu'il lui reste assez de temps pour le finir, devient irritable comme une fiancée d'il y a plusieurs générations.

Heureusement, son attention a été distraite par le sauvetage du lapin de Véro. Un beau lapin noir angora, dont la propriétaire s'occupe par intermittence lorsque son inspiration artistique faiblit. Or, Véro, jeune peintre qui voyage beaucoup, est partie pour plusieurs semaines. Elle a confié à Mikaël, le plus disponible – peut-être le plus lapinophile – de ses amis, le soin d'aller jeter un coup d'œil à Bidule (le lapin) et de renouveler sa provision d'eau et de nourriture au besoin. Mikaël s'est pris de pitié pour l'animal. Je compatis de mon mieux à l'infortune de celui-ci : un lapin enfermé dans un appartement du centre-ville, tout seul dans sa cage grillagée, quelle tristesse ! Un Masque de Fer à quatre pattes et longues oreilles, avec Mikaël comme geôlier.

Pas du tout, assure ce dernier. Bidule dispose de la plus grande cage d'Amérique du Nord : un immense loft dans lequel il peut trotter à sa guise, comme en témoigne le plancher jonché de crottes et de trognons desséchés. Mais voilà, il a horreur de la solitude et, de plus, Véro ne pense pas souvent à lui laisser de la nourriture. Il a donc appris à considérer comme mangeable tout ce qui traîne : vieux tubes de peinture, crayons et pastels, pattes de chevalet (celui de Véro a raccourci de plusieurs centimètres, au fil du temps), sacs en plastique, tabourets, fils électriques, cuir du sofa, franges du tapis, carton à dessin, ruban adhésif, cheveux, barbes et sourcils des invités qui couchent sur une natte réservée à leur usage, bourre d'un coussin oublié par terre… Tout lui fait ventre, comme aurait dit Grand-Mère. Bidule, très alerte, ne semble pas souffrir de cette alimentation hors normes. Il cabriole de joie lorsque Mikaël va s'en occuper et, logique, semble comprendre qu'on l'abandonne lorsque Mikaël se dirige vers la porte pour repartir. Porte qu'il a commencé à ronger avec un certain succès. Mikaël aimerait beaucoup que nous hébergions Bidule (temporairement, il va sans dire) jusqu'au retour de Véro. Cela lui fournirait une raison de vivre en attendant d'avoir *Da Vinci Code* à son entière disposition et sa conscience cesserait de le tourmenter.

« Tu n'y penses pas ! On arrive tout juste à donner une pincée de bouffe le soir à des poissons qui ne bougent pas de leur bocal et ne demandent aucun entretien ! Qui va surveiller ce lapin et ramasser les dégâts ? Ce n'est pas un loft, ici ! » « Mais m'man, il en a une, cage ! Même Véro l'enferme quand il faut. D'accord, il n'aime pas ça, mais il pourrait en sortir lorsque nous sommes là. Tu verras, il est sociable comme tout et il vient au pied comme un chien quand on l'appelle. Ce serait si facile d'apporter la cage ici, au lieu de me déplacer deux ou trois fois par semaine ! »

Une réminiscence d'Oiseau Modestovitch me visite l'esprit. C'est plus fort que moi, les cages, je n'ai pas confiance. Mais Mikaël finit par toucher la corde sensible et j'accepte, après une rude argumentation, de prendre Bidule À L'ESSAI, attention, ne pas prendre mon accord pour un contrat de mariage.

Le lendemain, en rentrant du travail, je trouve Mikaël plongé dans *Da Vinci Code* et Bidule occupé à ronger une patte de chaise dans la cuisine. Je retiens mon souffle pour ne pas désintégrer le vandale. Je n'ai pourtant pas tout vu, car Bidule a éventré un pouf (il a dû se régaler de la mousse grise qui s'en échappe). Il a aussi fait un sort à Crassula et au géranium posé à côté du poste de télévision. Comment a-t-il pu monter sur la table – qui porte maintenant la trace de ses griffes ?

Inutile de préciser que je ne reçois pas à bras ouverts les deux louveteaux venus vendre du chocolat. J'aimerais poser mon sac à main, mon manteau et mes bottes, puis enfiler mes babouches… si Bidule n'y avait également plus que goûté. Un cadeau de Victoria ! Le sacrilège ! À mort !

La culasse de ma Kalachnikov mentale claque. Le doigt sur la détente, je fonce droit sur Mikaël qui, n'ayant eu conscience de rien, sort brusquement de sa transe. Confisqué, *Da Vinci Code* ! Je me le garde pour moi toute seule. Quant à Bidule, qu'il aille au diable, puisque maintenant qu'il a ingurgité le géranium et toutes les cochonneries préalables, on ne peut même pas le transformer en civet. Ce qui aurait dû le tuer vient en réalité de lui sauver la vie. Mikaël ne demande pas son reste pour l'enfourner dans sa cage et le ramener au loft – qu'il n'aurait jamais dû quitter –, avant que je les flanque tous les deux dehors.

Il en revient un paquet sous le bras, la mine triomphante malgré ses efforts pour n'avoir l'air de rien : *Da Vinci Code*, acheté à la librairie du métro. Râh !

Tout a une fin

Voilà, ça y est, je déménage.

Comme la branchitude qu'il fréquente dédaigne encore la banlieue, Mikaël quitte la maison pour se rapprocher de son nouveau bassin de clientèle – le 450 a évolué, mais pas au point d'effaroucher les familles honnêtes avec de l'avant-garde ; pour la culture comme pour la délinquance, on reste dans le *soft*. Moi aussi je retourne en ville.

J'ai trouvé une charmante copropriété, donnant sur une ruelle tranquille bordée de grands érables. Il y a une petite cour très ombragée, un balcon (d'où on peut apercevoir les feux d'artifice de l'île Sainte-Hélène, les soirs d'été), un hangar à bicyclettes et une épicerie à cinq minutes. Évidemment, cela représente un gros changement, mais je crois que je m'adapterai.

Pour la maison, j'ai deux prospects sérieux : une jeune famille et un homme d'affaires à qui l'emplacement paraît idéal pour ouvrir un foyer d'hébergement de retraités encore autonomes. Moins luxueux que *Les Cèdres*, pour éviter de placer les deux établissements en concurrence. De quoi combler Moumoutte !

Il me reste à éliminer les grosses fourmis noires avant que les acheteurs potentiels s'avisent de leur existence et m'obligent à baisser le prix. Les sales bestioles ne font pas ce qu'indique le mode d'emploi du produit qu'on m'a vendu. Au lieu de se précipiter sur l'appât, présumé irrésistible, et de mourir empoisonnées par colonies entières, elles font de grands détours pour l'éviter. Ou bien l'appât n'en est pas un, ou bien les fourmis ont raté la campagne d'alphabétisation, ou encore elles ont muté depuis la mise en marché. Toujours est-il que je dois guetter leur apparition et leur verser le poison droit sur les antennes. Il me semble que cela ne laisse guère de doute sur mes intentions. Or, même cette approche on ne peut plus directe ne donne aucun résultat. Je pourrais aussi bien leur offrir un verre à ma santé.

C'est sûrement le dernier problème de ma vie dans le 450. Je n'aurai qu'à me rappeler cet épisode si je m'ennuie de la banlieue.

Au cas où vous chercheriez une maison sur la Rive-Sud, je connais quelqu'un qui aurait peut-être quelque chose pour vous. Un cottage dit « de caractère », solarium, cour plantée d'arbres, rue calme, à proximité de tous les services. Pas de piscine, mais des voisins sympathiques. Le quartier est un véritable écrin de verdure, l'environnement très coquet : maisons victoriennes, propriétés rénovées avec goût – brique, pierre, bois et matériaux modernes parfaitement harmonisés, arrangements floraux, patios en pavés imbriqués ou en bois traité. Depuis deux ou trois ans, on voit beaucoup de tonnelles style vieille Europe, en fer forgé habillé de vigne vierge, c'est très tendance.

La vie culturelle vous séduira aussi : piscines publiques, terrains de soccer et courts de tennis à quelques minutes de marche, école d'arts martiaux, vraies écoles pour tous les niveaux, animation des parcs durant l'été (clowns, jeux, danse en ligne) et pati-noires l'hiver, concerts de la fanfare municipale, concours de quilles, événements promotionnels sous le chapiteau dressé dans l'espace vert adjacent au cen-tre commercial, festival de sculpture de ballons, vue sur les feux d'artifice, ventes de trottoir... et je ne vous cite que quelques-uns des attraits accessibles sans même une bicyclette. Pour les heureux propriétaires d'un vélo, la piste cyclable mène droit au bar laitier, au centre de liquidation *Tout à rabais* et à la biblio-thèque du centre culturel. On peut même s'y prome-ner sans aller nulle part, mettre le cap sur la marina ou sur les écluses les jours où on se sent l'âme mari-time, aller faire ses dévotions dans l'une des deux égli-ses qui restent ouvertes. Personnellement, je ne vous conseillerais pas d'acheter un condo dans les autres églises, si vous voulez vous démarquer un peu. Mais cela vous regarde. Vous avez aussi le « centre-ville » et sa rue de restaurants, parmi lesquels plusieurs bou-langeries et pâtisseries pour gourmets, ainsi qu'une épicerie fine. Si elle y était venue, Grand-Mère aurait remarqué une fois de plus que le chemin du cœur passe par l'estomac. De plus, nous tirons grand orgueil de quelques galeries d'art, théâtres, musées et loisirs dits culturels. Soyez sans crainte, tout cela est très familial, tirant sur l'âge d'or. Cependant, pour les cinémas et le gros équipement, il faut sortir de la municipalité, car nous avons maintenant notre propre banlieue.

À ceux qui sont motorisés, et qui ne l'est pas en dehors de quelques hurluberlus dans notre genre ? – Mikaël a vendu la voiture –, s'ouvrent donc les infinies possibilités des méga entrepôts semés par groupes entiers aux lisières de la ville. Mais n'allez pas penser qu'on végète si on n'a pas un tout-terrain dans son garage ! Que non ! Notre banlieue (en particulier notre rue) est un modèle de convivialité et de dou-ceur de vivre.

Quels que soient vos penchants en matière de transport, faites vite, car il s'agit d'un secteur « très en demande ». Sans compter que je pourrais bien chan-ger d'avis : plus je vous décris l'endroit, moins j'ai envie de déménager !

Longueuil,
Juillet 2004-Juin 2005

Table des matières

Autres titres Marchand de feuilles

Le bonheur sans queue ni tête, C.T. Berthiaume.

Un train en cache un autre, Véronique Bessens.

Voleurs de sucre, Éric Dupont.

Dans la buée d'un café froid, Florence François.

Sparadrap, Marie-Chantale Gariépy.

Évanouissement à Shinjuku, Ioana Georgescu.

Sourires de requins, Michael Horn.

Le hangar, Normand Martineau.

Le peignoir, Suzanne Myre.

Nouvelles d'autres mères, Suzanne Myre.

J'ai de mauvaises nouvelles pour vous, Suzanne Myre.

La folle de Warshaw, Danielle Phaneuf.

Petites géographies orientales, Mélanie Vincelette.

Collection Poésie sauvage

Komsomolets, Jade Bérubé.

Lubiak, Julien Dupuis.

Poèmes du wah-wah, Jérôme Lafond.

La grande ourse avait une petite sœur, Philippe Tétreau.

Les intimités parallèles, Henrye Varennes.

Stances, Kevin Vigneau.

Collection Bonzaï

Mademoiselle (tome 1), Eva Rollin.

Mademoiselle (tome2), Eva Rollin.

Achevé d'imprimer à Montréal, Québec,
en septembre 2005,
chez Marquis Imprimeur